Jenny Erpenbeck, geboren 1967 in Ost-Berlin, debütierte 1999 mit der Novelle *Geschichte vom alten Kind*. Es folgten zahlreiche Veröffentlichungen, darunter Romane, Erzählungen und Theaterstücke. Von Publikum und Kritik gleichermaßen gefeiert, wurde sie vielfach ausgezeichnet, u.a. mit dem Thomas-Mann-Preis, dem Uwe-Johnson-Preis, dem Hans-Fallada-Preis und dem Verdienstkreuz am Bande der Bundesrepublik Deutschland. Auch international gilt Erpenbeck als wichtige literarische Gegenwartsautorin. So wurde sie u.a. mit dem britischen Independent Foreign Fiction Prize (inzwischen bekannt als International Booker Prize) und dem italienischen Premio Strega Europeo geehrt. Ihr Roman *Heimsuchung* wird vom Guardian auf der Liste der »100 Best Books of the 21st Century« geführt. Die amerikanische Übersetzung ihres jüngsten Romans *Kairos* war in den USA für den National Book Award nominiert und wurde 2024 mit dem International Booker Prize ausgezeichnet. Erpenbecks Werk erscheint in über 30 Sprachen.

Tand in der Presse:

»Jenny Erpenbeck ist eine Ausnahmeerscheinung.«
Der Tagesspiegel

»Exzellente Geschichten einer erstaunlichen Autorin.«
Tages-Anzeiger

»Wundersam melancholische und sprachlich virtuose Geschichten.«
KulturSpiegel

Außerdem von Jenny Erpenbeck lieferbar:

Geschichte vom alten Kind · Wörterbuch · Kein Roman · Heimsuchung · Aller Tage Abend · Gehen, ging, gegangen · Kairos

www.penguin-verlag.de

Jenny Erpenbeck

Tand

Erzählungen

PENGUIN VERLAG

MIX
Papier | Fördert gute Waldnutzung
FSC® C014496

Penguin Random House Verlagsgruppe FSC® N001967

1. Auflage

Umschlaggestaltung: www.buerosued.de
Umschlagabbildung: »Saint Lucy« von Franceso del Cossa
Druck und Bindung: GGP Media GmbH, Pößneck
Printed in Germany 2024
ISBN 978-3-328-11268-6
www.penguin-verlag.de

Inhalt

FÜR WOLFGANG

Im Halbschatten meines Schädels

Das Zimmer, in das er mich gebracht hat, ist mit dicken Teppichen ausgelegt, wenn ich laufen könnte, man würde es nicht hören. Die Tür hat er nur angelehnt, wenn ich laufen könnte, könnte ich das Zimmer verlassen. Gestern hat er mir mit seiner Zigarette die Fußsohlen verbrannt.

Seine Frau bringt mir Tee. Fleckig sei sie, seine Frau, hat er zu mir gesagt, wie eine geschlagene Frau, dabei habe er sie nie geschlagen. Wie kann das nur sein, daß du so schwach geworden bist?, fragt sie mich. Sie setzt sich auf die Kante meines Bettes und hält die Untertasse, während ich trinke. Ich weiß es nicht, antworte ich ihr, es war vielleicht einfach Überanstrengung. Wenn du viel liegst, wird es besser werden. Ja, sage ich, und trinke. Wie findest du mein Kleid?, fragt sie. Die Farbe gefällt mir nicht, du siehst darin so ernst aus. Du bist wenigstens ehrlich, sagt sie. Wenn ich ihn frage, sagt er immer, klar kannst du so gehen, aber er schaut gar nicht auf, er sieht gar nicht, was ich anhabe, er sagt nur: Klar kannst du so gehen.

Ich liege in meinem Bett und höre. Ich höre, wie mein Geliebter sich rasiert, ich höre, wie die Frau ihm etwas zuruft, höre, wie jemand ein Fenster schließt, höre reden, höre, wie die Tür zufällt.

Gottvater löst eben seine Hand von der Hand Adams, er entläßt seine Schöpfung, seinen ersten Menschen, er läßt ihn fliegen. Und was meinst du – wie kann es dann sein, daß im Rücken des Gottes schon eine Frau zu sehen ist?, fragt mich mein Geliebter. Das wird wohl die Idee von Eva sein, sage ich, der Plan für Eva. Du bist wirklich ein kluges Mädchen, sagt mein Geliebter und streicht mir über den Kopf, für solche Dinge hat meine Frau nie einen Sinn gehabt.

Die Tür ist nur angelehnt. Ich höre von ferne reden. Neben dem Zimmer, in dem ich liege, ist ein leeres Zimmer, ein Durchgangszimmer, in dem abends nie Licht gemacht wird, weil niemand es je benutzt, es steht voll schöner Möbel, voller Tischchen und Tische, voller Kanapees und Sessel, auf denen nie jemand sitzt, es ist dunkel. Am anderen Ufer dieser Dunkelheit liegt das Arbeitszimmer meines Geliebten. Ein Fädchen Licht dringt von dort, über das leere Zimmer hinweg, bis zu mir, zu der Tür meines Zimmers, die nur angelehnt ist. Wenn ich fliegen könnte.

Wir fallen, wir stürzen, ich halte mich fest an meinem Geliebten, er hält mich, in die Tiefe, er hält mich am Hals, nein, er greift die Kette, die um meinen Hals liegt, wir fallen, er reißt an der Kette, wir stürzen, er will sie mir vom Hals reißen, die Kette, er reißt sie ab, ich stürze, ich allein, ins Wasser, ins Wasser.

Weißt du, sagt er, es ist mir zum ersten Mal so gegangen, als ich ein Kind war. Ich saß beim Zahnarzt, und nebenan war ein zweiter Behandlungsraum. Ich habe den Bohrer nebenan gehört und dann plötzlich das Schreien eines Mädchens. Da ist mir zum ersten Mal heiß geworden, weißt du. Es hat mit Unschuld zu tun, sagt er.

Ach, sagt die Frau zu mir, wenn ich dich sehe, sehe ich mich in meiner Jugend. Wie habt ihr euch kennengelernt? Beim Studium, sagt sie. Er war so alt wie ich, aber er hat uns damals schon unterrichtet. Manchmal frage ich mich, sagt sie, ob in mir überhaupt irgend etwas drin wäre, wenn ich nicht von ihm gelernt hätte. Er hat mich immer gezwungen, mich zu erinnern. Wenn man all das aus mir herausnehmen würde, ich glaube, ich müßte zusammenfallen wie eine leere Hülle. Sie nimmt mir die Teetasse ab, steht auf und geht aus dem Zimmer, ich höre ihre Schritte, höre, wie sie das dunkle Wasser des Raumes, der neben meinem liegt, achtsam überquert, auf dem schmalen Streif Licht balanciert sie zurück in den bewohnten Teil ihrer Behausung.

Was soll ich ihr schenken, was meinst du? Was hat sie sich denn gewünscht? Eine Perlenkette. Dann schenk ihr eine Perlenkette. Aber Perlen zu schenken, bringt Unglück. Ach was, sage ich, wenn sie es sich gewünscht hat. Er steht neben meinem Bett und zieht langsam die Decke von mir ab. Hält sie an einem Ende und zieht sie langsam von mir ab. Zum Vorschein kommt mein weißes, frierendes Fleisch. Er steht neben meinem Körper, sieht auf mich hinunter und sagt: Du siehst aus, als wenn der liebe Gott seinen Engeln ein Beispiel hätte geben wollen. Schaut einmal her, hat er zu seinen Engeln gesagt, so muß eine Frau aussehen! Warum sagst du deiner Frau nicht die Wahrheit, frage ich ihn. Er antwortet nicht, er lächelt, und indem er lächelt, bläst er seinen Atem durch die Nase hinaus, das ist das einzige, was ich höre, diesen Wind, der durch seine Nase hindurchgeht, als sei mein Geliebter etwas Unbewegtes, in dem sich der Wind fängt.

Meinst du, daß er eine Geliebte hat, fragt mich die Frau. Woher soll ich das wissen, sage ich, und setze die Lippen an die blaugeäderte Tasse, die sie mir gebracht hat. Das Schöne an dir ist, sagt die Frau, daß du so hell bist. Du bist der helle Kern dieser Wohnung, alles war abgefressen, und dann bist du gekommen, dann ist der Kern zum Vorschein gekommen. Sie nimmt mir die Tasse aus der Hand und stellt sie ab. Dann beugt sie sich über mich und dringt mit der Zunge in das Innere meines Mundes. Als sie unsere Höhlen wieder voneinander scheidet, sagt sie: Innen bist du dunkel wie andre, aber von außen bist du so hell, daß man blind werden könnte. Wirst du ihm davon erzählen?, frage ich sie. Aber nein, antwortet sie, Geheimnisse wollen gehütet sein.

An einem Berghang, an dem die Steine aus der Erde herausstehen wie Knochen aus einer abgewetzten Haut, sehe ich einen schweigsamen Hirten die Herde der Geheimnisse weiden. Der Hirte steht und wacht unbeweglich, die vernarbten Fußsohlen an die Erde geschmiedet.

Ich höre Schritte, ich höre Klirren von Geschirr, ich höre Türen schlagen und höre Musik, Lachen und Reden, Türen schlagen und Rufen, ich höre, wie alle Geräusche kleiner werden, höre, wie es Nacht wird, ich höre die Stille.

Sieh, sagt der Mann, und hält mir ein hölzernes Kästchen hin. Ich klappe den Deckel auf und sehe zwei Zigarettenkippen und eine zerrissene Halskette. Was ist das, frage ich. Du mußt dich erinnern, sagt der Mann. Ich erinnere mich nicht, sage ich, ich sehe zwei Zigarettenkippen und eine zerrissene Halskette.

Das ist unsere Geschichte, sagt der Mann. Ich erinnere mich nicht, sage ich, und lasse die Augen zufallen. Jetzt kann ich sehen, wie alles, an das ich mich erinnern müßte, in meinem Kopf herumschwimmt, Meeresstaub und Fetzen von Algen, Holz und abgestorbene Schalen, all das ist hineingespült worden, eine Zeitlang schwimmt es im Halbschatten meines Schädels, dann kommt die Flut und trägt es wieder hinaus, an den Tag.

Hier, iß was, sagt die Frau, und steckt mir ein triefendes Stück Ente in den Mund. Ist mir gelungen, diesmal, sagt sie. Was hat er dir denn geschenkt, frage ich. Eine Perlenkette, sieh mal, sagt sie, und weist mir ihre braungefleckte Haut, an die eine Kette schlägt. Perlen bringen Unglück. Ach was, sagt sie.

Es ist die Wehrlosigkeit, die mich erregt, sagt mein Geliebter zu mir. Der Gedanke, daß ich mit dir machen könnte, was ich will. Er sitzt, die Bettdecke auf dem Schoß, die er von mir abgezogen hat, und blickt lächelnd auf meine glänzende Öffnung. Du kannst mich warten lassen. Ja, ich kann dich warten lassen, sagt er. Es ist ein geladenes Warten, sagt er, ein mit allem, was geschehen könnte, geladenes Warten. Ist das Warten besser, als wenn etwas geschieht?, frage ich. Die Gedanken sind das Radikalste, was geschehen kann, antwortet er, er küßt mich auf die Stirn, steht auf und legt die Bettdecke auf einen Stuhl, der in der anderen Ecke des Zimmers steht, für mich unerreichbar, er wendet mir seinen schmalen Rücken und geht hinaus.

Mein Bett steht hoch oben, mich schwindelt, mein Bett ist eine Insel, ein besudeltes Nest auf dem Felsen, die Sonne brennt mir die Augen aus, ich fasse den Stein, der mein Bett ist, ringsum nur Himmel, mich schwindelt.

Als meine Haut so kalt geworden ist, daß sie blau schimmert wie Milch, stehe ich auf. Ich stehe auf und gehe zu dem Stuhl, der in der anderen Ecke des Zimmers steht, die Teppiche, über die ich gehe, sind so weich, daß mein Gehen kein Geräusch macht. Ich hole mir die Decke. Ich gehe zurück ins Bett und dekke mich zu.

Du bist aufgestanden, sagt er mitten in meinen Schlaf hinein. Ja, sage ich. Du hast ein schlechtes Gedächtnis, sagt er. Wieso?, sage ich und winke ihn heran, ich will ihn küssen. Du hast vergessen, daß du nicht gehen kannst. Küß mich, sage ich. Du bist so vergeßlich, meine Kleine, sagt er, ohne sich von der Stelle zu bewegen, ohne den Blick von mir zu wenden, und steckt sich eine Zigarette zwischen die Lippen. Da hört man ein kurzes schleifendes Geräusch, ein Flämmchen flackert auf, eine braungefleckte Hand hält meinem Geliebten ein Streichholz hin. In den Augen meines Geliebten zuckt das Spiegelbild der Flamme, sein Blick trifft auf den Blick seiner Frau.

Entschuldigen Sie, sage ich zu der Frau. Du mußt dich nicht entschuldigen, kleine Schwindlerin, sagt die Frau, ohne mich anzusehen, es ist gut, daß du da bist. Zum ersten Mal sehe ich ihr Profil. Ich sehe: Wie gemeißelt ist dieses Profil, alles fest, die Linien brennen in meinen Augen. Und jetzt weiß ich: Sie muß keine Angst haben, aus diesem Gefäß kann niemals mehr jemand etwas herausnehmen.

Eisland

Die Gräten kommen weg, dann ist es Filet. Ein halbes Jahr lang hat sie die Freundin nicht gesehen, aber nun sitzt sie endlich wieder in deren Küche und versenkt den Blick, so wie sie es sonst gewohnt war, ins verblichene Hellblau der Windmühlen auf der abwischbaren Tischdecke, während die Freundin spricht. Die Freundin hat um der fremden Fische willen Mann und Sohn zurückgelassen, als erste aus dem Ort hat sie sich dafür entschieden, weit entfernt von ihrem Leben zu leben, um den Unterhalt für das Leben zu verdienen. Das könntest du auch, sagt sie, und stellt einen Teller mit einem Stück Gans, das vom Familienessen übriggeblieben ist, auf den Tisch. Es ist ganz einfach, wiederholt sie, und sagt: Die Gräten kommen weg, dann ist es Filet. Ihre Zuhörerin tunkt ein Stück Brot in die fette Sauce, läßt den Blick über die Windmühlen hinaus schweifen, und fängt an, darüber nachzudenken, wie das wäre, wenn sie mit ihren festen, blaugeäderten, polnischen Beinen auf einer Insel stünde. Sie findet schließlich, daß es keinen Grund gibt, der dagegen spricht – unverheiratet ist sie, und kinderlos, also frei, frei, um jeglichen

Fisch auf der Welt, wo auch immer es sein mag, in Filet zu verwandeln, frei, um an jeglichem Ort in der Welt zu leben, um Geld zu verdienen zum Leben.

Auf dem Weg vom Flughafen zu den Fischen hatte sie, aus dem Busfenster blickend, Laute des Entzückens ausgestoßen und dann für kurze Momente kopfschüttelnd den Blick zur Freundin gewandt, um von ihr Bestätigung für die Schönheit dieser Landschaft zu erlangen, einer Landschaft, wie sie sie noch nie zuvor gesehen hatte. Ja was: Steine, hatte die Freundin gesagt und sich zu keiner gemeinsamen Begeisterung hinreißen lassen, sie aber hatte weiter den Kopf geschüttelt, in ungläubigem Staunen darüber, daß es eine solche Landschaft überhaupt geben konnte, und ebensowenig glaubend, daß die Freundin nicht in der Lage sein sollte, zu sehen, was sie sah: eine Ebene, die ganz und gar schwarz war und ganz und gar leer war, so schwarz und so leer wie nichts, was sie jemals zuvor gesehen hatte, nur einzelne Felsen standen wie Zähne aus dieser Ebene heraus, alles andere war zu Boden gestürzt, und hatte das Land bis zum Horizont mit Geröll bedeckt, mit schwarzen Brocken, an denen jede Vision menschlichen Ausmaßes offensichtlich gescheitert war, diese Brocken hatten sich, wie man sehen konnte, weder umgraben, noch bebauen, ja nicht einmal beiseite räumen lassen, denn sogar die Straße, auf der der Bus fuhr, war kein freigeräumter Weg, sondern war Asphalt, mit dem man die Brocken solange übergossen hatte, bis sich auf ihnen eine Fläche gebildet hatte, auf der man fahren konnte. Sie dachte daran, wie ihre Eltern sie früher voller Stolz allen Bekannten mit der Bemerkung vorgestellt hatten, sie sei noch Jungfrau, dieser Stolz der Eltern hatte, je älter sie wurde, zugenommen, bis zu dem Moment, als die Eltern starben, erst die Mutter, ein halbes Jahr später der Vater. Die Jungfrau, damals schon über dreißig Jahre alt, hatte es nach dem Tod der Eltern als Vermächtnis aufgefaßt, ihre Jungfräulichkeit Jahr um Jahr weiter zu steigern, indem sie die Zeit vergehen ließ, ohne an ihrem Leben etwas zu ändern, und wenn es ihr dabei um eine Steigerung bis in die Heiligkeit hinein gegangen sein sollte, so war ihr das nicht anzusehen gewesen, denn mit niemandem hatte sie weniger Ähnlichkeit als etwa mit der Jungfrau Maria, deren entblößter, schneeweißer Busen die Madonnenbilder wie ein Vollmond erleuchtete. Ihren eigenen Busen verbarg sie unter einem rosaroten Kittel, dessen Stoff glänzte und immer leicht elektrisch aufgeladen war, billiger Stoff, der knisterte, wenn sie ging, und sich hin und wieder funkenschlagend entlud. Und was sie unter dem Kittel verbarg, waren nicht Vollmonde, sondern nur zwei Hautfalten, die wie ausgepreßt an ihrem Körper hingen, ihr Hinterteil war verschwindend flach, war eigentlich nichts weiter als die Teilung des Körpers in Beine, und mit den Beinen hätte sie, wie ihre Vorfahren, gut Tag für Tag in der Sommerhitze stehen und Heu machen, oder mit ihren Armen Kälber aus Kühen herausziehen können – keineswegs jedoch mit alldem einen himmlischen Bräutigam derart reizen, daß er einem irdischen Ehemann hätte zuvorkommen und auf diese Weise ewige Jungfernschaft stiften mögen. Draußen fegte ein Schneesturm über die Steinwüste und bestäubte die schwarzen Brocken von einer Seite mit Weiß, so daß ihr Volumen noch plastischer erschien als zuvor, und die Staffelung der Steine, von ganz nah bis hin zum Horizont, noch eindrücklicher hervortrat. Die Polin wendete für einen kurzen Moment das Gesicht von der Landschaft ab, ihrer Freundin zu, und schüttelte abermals, fassungslos vor Entzücken, den Kopf. Ja was, sagte die Freundin und zuckte mit den Schultern: Schnee.

Endlich ist sie den Sommer losgeworden, und mit ihm die Hitze, und mit der Hitze den Schweißgeruch, der sich im rosaroten glänzenden Stoff ihres Kittels festgebissen hatte. Auf dieser Insel wachsen nicht einmal Bäume, weil es zu kalt ist für Bäume, und weil es keine Bäume gibt, gibt es nichts, worin sich der Wind fangen könnte, und so fährt er schneidend über die Insel. Immer schon hat sie gedacht, daß die Leute, die sterben, sich in Wind verwandeln, und so mangelt es ihr hier nie an Gesellschaft, die Toten fliegen um sie herum, während sie spazierengeht, und wenn ihr kalt wird, legt sie die Kleider ab, beschwert sie mit einem Brocken, und steigt in eines der unzähligen, mit brodelndem Wasser gefüllten Löcher, durch die man hierzulande wie durch Augen direkt in das Innere der Erde hineinsehen, und in manche eben sogar hineinsteigen kann, wenn man ein heißes Bad nehmen möchte. Sie fädelt ihre Füße in das Gehirn der Erde, streckt die Beine aus in Richtung Magma, und erholt sich so, den Kopf im Schnee, von der Arbeit im Schlachthaus der Fische.

Im billigen Wohnheim der Fischfabrik, in dem ihre Freundin lebte, war kein Zimmer mehr frei gewesen. Deshalb hatte sie ihr Gepäck, darunter auch die Stehlampe, die sie von zu Hause mitgebracht hatte, bei der Freundin untergestellt und war zum Hotel hinübergegangen. In der Vorhalle hatte sie den Schnee von sich abgeschüttelt, und war, als sie einen Mann hinter dem Tresen entdeckte, nähergetreten. Auf ihre in brüchigem Englisch gestellte Frage, wie teuer ein Zimmer sei, ein Zimmer for one, war der Mann aber nicht eingegangen, sondern hatte nur mehrfach gesagt: Dies ist das billigste Hotel! Dies ist das billigste Hotel! Erst als er nach jeder der Wiederholungen die Zähne breiter fletschte, war sie auf die Idee gekommen, die Frage, die er von ihr erwarte, sei womöglich: Warum? Also fragte sie: Warum?, und tatsächlich quoll jetzt ein Lachen aus ihm hervor: Weil es das einzige ist! Die Polin drehte sich um, um zu schauen, ob der Schnee, den sie sich vom Mantel geschüttelt hatte, schon geschmolzen war. Den Preis, den der Mann nun nannte, konnte sie nicht zahlen, nicht einmal für eine Nacht. Der Schnee war geschmolzen. Dann sah sie den langen Gang hinunter, der aus der Vorhalle zu den Zimmern führte, aus den Zimmern war kein

Laut zu hören, kein Fernsehgeräusch, kein Duschen, kein Reden. Die Sitzgruppe in der Vorhalle war mit Tüchern verhängt, der Boden inmitten der Sessel staubig, der Aschenbecher unbenutzt. Es roch nicht nach Kaffee. Die Polin wußte, wie es in einem Hotel zugeht, das Gäste hat, jahrelang hatte sie als Zimmermädchen gearbeitet, und sie wußte, daß dieses Hotel keine Gäste hatte, keinen einzigen. Sie dachte bei sich, daß also der Inhaber ein Interesse daran haben sollte, sie für irgendeinen Preis unterzubringen, und wartete deshalb schweigend, weil sie auf Englisch nicht sagen konnte, was sie dachte. Und nachdem der Inhaber des Hotels sich ein wenig gewunden hatte, und sein Winden hatte zu dem vorausgegangenen Fletschen und auch zu dem Lachen gepaßt, hatte er ihr tatsächlich ein Zimmer zu einem Viertel des normalen Preises angeboten, allerdings außerhalb des Hotels, in einem Haus am Hafen. Er hatte auf mehrdeutige Weise den Kopf bewegt, von weiteren Erklärungen dieser Frau gegenüber, die nur ein Viertel des normalen Preises zahlen wollte, aber abgesehen. Dann war er, nunmehr weder zähnefletschend noch lachend, hinter dem Tresen hervorgekommen, hatte einen Bogen um den nassen Fleck am Eingang gemacht, und war kurz vor die Tür getreten, um der Frau das Dach des Hauses zu weisen, er hatte ihr den Schlüssel in die Hand gegeben, und war eilends wieder in seinem unbezahlbaren Hotel verschwunden, denn es wehte ein eisiger Wind.

Die Polin muß das Schlüsselloch anhauchen, damit der Schlüssel sich überhaupt hineinstecken läßt, dann schließt sie, und drückt und hebelt an der Klinke, bis die Tür den Weg freigibt, in ihrem Rücken weht Schnee ins Haus. Sie bleibt auf der Schwelle stehen, als sie bemerkt, daß sich im Innern des Hauses etwas bewegt, dann aber sieht sie: Es sind nur die Türen zu den Zimmern im Erdgeschoß, die leise aufgehen, zugehen, aufgehen, zugehen. Der Luftzug, den sie selbst mitgebracht hat, ruft diese Bewegung hervor, es ist eine tote Bewegung, die Bewegung von etwas, aus dem das Leben gewichen ist, bezeichnet durch die Nachlässigkeit in der Unterscheidung zwischen innen und außen: Kieferknochen von Ertrunkenen hängen auf diese Weise in den Angeln, klappen auf, klappen zu, bis der Unterkiefer endlich davongetrieben wird, auf diese Weise blättert das Wasser in Büchern, die in den Bach gefallen sind, fährt der Wind durch die Fischköpfe, die hier auf der Insel zu Tausenden aufgeknüpft werden, bis das Geräusch, das sie beim Aneinanderschlagen machen, ein hohles Rascheln geworden ist. Die Polin erkennt an dieser Bewegung der Türen, daß das Haus unbewohnt ist, und schließt daraus, daß sie sich das schönste Zimmer wird aussuchen können. Sie drückt die Tür hinter sich zu und betritt den vom Schnee verwehten Flur. Als sie zu ihrer Linken eine Treppe bemerkt, die in die oberen Etagen führt, denkt sie bei sich, daß es auf alle Fälle angenehmer sein wird, die Leere unter sich zu haben, und beginnt, aufzusteigen.

An den Wintertagen streift die Sonne hier nur kurz über den Himmel, flach und flüchtig, es gibt weder Morgengrauen noch Dämmerung, wie zu Hause, sondern vierundzwanzig Stunden lang ist hier Morgengrauen oder Dämmerung oder Nacht, deshalb kann zu jeder Zeit gefischt werden, und deshalb arbeitet die Polin in drei Schichten in der Fischfabrik. Die Fische, sobald sie Filet geworden sind, werden nach Kanada geschickt, Tag für Tag immer nach Kanada, ihre Köpfe aber werden vorher abgeschnitten, an den Mäulern mit gelber Schnur aneinandergeknüpft und dann zum Trocknen im Wind aufgehängt. Die Polin muß oft, wenn sie die Knoten festzieht, daran denken, wie sie an den Kindergeburtstagen bei ihrer Freundin, als deren Sohn noch klein war, die Luftballons aneinandergeknüpft hat, um sie dann in langen Reihen in die Luft aufsteigen zu lassen. Auch damals hatte sie sich oft vorzustellen versucht, wie es dort aussehen mochte, wo die Luftballons niedergehen würden. Jetzt weiß sie, daß die Fischköpfe, wenn sie beim Schaukeln im Wind nur noch ein hohles Rascheln von sich geben, nach Spanien geschickt werden, sie kommen zu spanischen Köchen in die Suppe, und so versucht sie sich jetzt vorzustellen, wie es in Spanien aussehen mag. Der polnische Kollege, der neben ihr arbeitet und die Köpfe abschneidet, durch deren Mäuler sie dann die gelbe Schnur fädelt, erzählt ihr, daß hier früher auch den Katholiken der Kopf abgeschnitten worden sei, genau wie den Fischen. Sie erschrickt einen Moment lang, weil sie noch immer Jungfrau ist, inzwischen bis beinahe an die Grenze der Heiligkeit, aber dann fällt ihr wieder ein, daß ihre Eltern tot sind und nicht mehr darauf hinweisen können, daß sie Jungfrau ist, und also niemand hier wissen kann, in welchem Grade sie katholisch oder gar heilig ist. Sie versucht, die Katholiken zu vergessen und wieder an die Fische zu denken, aber als ihr klar wird, daß deren Gräten hier auf der Insel in den Müll kommen, die Körper aber nach Kanada geschickt werden, und die Köpfe schließlich in Spanien in der Suppe schwimmen müssen, daß also die Fische, derart zerteilt, niemals ihren Seelenfrieden finden können, versucht sie, auch die Fische zu vergessen, und schaut auf die Ohren des Mannes, der neben ihr arbeitet, denn wenn sie diese Ohren anschaut, muß sie immer lächeln, weil sie keinen anderen Menschen kennt, der solche Ohren hat, schmal, grau und pelzig sind sie, wie bei einem Tier.

Die Polin hat, wenn sie sich die Zähne putzen möchte, drei Bäder zur Auswahl, in jeder Etage des leeren Hauses eines, und allesamt sind sie geräumig. Die Polin weiß nicht, daß im Römischen Reich, kurz, bevor es unterging, nichts so komfortabel war wie die Bäder, aber irgendwie hat sie ein Gefühl dafür, daß mit dem Haus nicht alles so ist, wie es sein sollte. Sie schlappt in Badelatschen und rosarotem Kittel durch die drei Etagen und sucht sich das heutige Bad aus, und als sie dabei durch das Zimmer kommt, das direkt unter dem ihren liegt, bemerkt sie, daß die

Decke dieses Zimmers durchgebogen ist, und zwar so stark durchgebogen, daß die Ölfarbe, mit der die Decke bepinselt ist, sich schon gelöst hat und absplittert. Am nächsten Abend, als ihre Freundin zu Besuch ist, versuchen sie zu zweit, die eine auf der Leiter, die andere die Leiter haltend, die Ölfarbe mit Klebeband an der Decke festzukleben, aber einige Tage später ist der Ölanstrich samt Klebeband von der Decke gefallen. Damals, als die Polin noch in Polen war und in einem Hotel arbeitete, hatte es auch so begonnen. Am Anfang hatten ihr die Gäste, weil sie mit ihrer Arbeit zufrieden waren, kleine Trinkgelder oder sogar Packungen mit Feinstrumpfhosen im Zimmer hinterlassen, und nur zu Geburtstagen hatte sie mit den anderen Zimmermädchen angestoßen. Später dann hatten sich die Geburtstage auf wundersame Weise gemehrt, bis man schließlich dazu übergegangen war, grundsätzlich, wenn der Leiter des Hauses auswärts zu tun hatte, das Glas zu erheben. Die Pausen waren dadurch länger und länger geworden, bis sie schließlich die Arbeitszeit überwogen, und wahrscheinlich war das der Grund dafür, daß die Bettlaken irgendwann riesige Löcher aufwiesen, die Gläser abgeschlagene Ränder hatten, die Schränke in den Gastzimmern zu stinken begannen, so daß niemand mehr in dem Hotel bleiben wollte, von Feinstrumpfhosen ganz zu schweigen. Wohl deshalb fühlt sich die Polin sogar auf diesem fremden Eiland noch dafür verantwortlich, daß das Haus, welches sie jetzt bewohnt, so entblößt dasteht, sie hat das Gefühl, sie sei schuld an den bis auf die Matratzen entkleideten Doppelstockbetten, an den unzähligen vergessenen Stößen und Haufen beschriebenen Papiers, die unten im Büro auf Tisch, Fensterbank und Fußboden umherliegen, schuld auch daran, daß auf dem Eßtisch im Saal die Stühle nicht einmal kopfüber, sondern mit den verfusselten Füßen auf der Tischplatte stehen. Es muß an ihrer Nachlässigkeit liegen, daß das Wasser hier stinkend aus der Leitung kommt, sie schämt sich für den Geruch nach Fäulnis, den es ausströmt, den Geruch nach – sie will sich nicht vorstellen, wovon – verstopfter Kanalisation, den Geruch nach Höllenpfuhl, dem sie zur Selbstkasteiung ihren jungfräulichen katholischen Körper nun Morgen für Morgen aussetzt. Auch später, als sie längst weiß, daß der Gestank von keinerlei Verstopfung herrührt, sondern nur von der hierzulande natürlichen Beimischung Schwefels im heißen Wasser, nimmt sie sich vor, bei Gelegenheit die Verstopfung zu beseitigen. Sie leidet darunter, daß sie nicht lüften kann, um dem Haus die stickige Luft auszutreiben, den Atem all der früheren Bewohner, die das Haus verlassen haben, denn die Fenster lassen sich nicht öffnen, sie haben keine Flügel, die man aufreißen kann, sondern nur eine winzige Lüftungsklappe, wohl wegen der ungeheuren Kälte, die hier das ganze Jahr über herrscht, wegen des vielen Schnees und der Stürme, drinnen aber heizen die alten Heizkörper ohne Unterlaß, Tag für Tag wärmen sie diese Luft wieder auf, die, lange bevor die Polin das Haus bezogen hat, ausgeatmet worden ist, heißgeheizter alkoholgeschwängerter Atem, meint die Polin, gesammelte Alkoholfahnen all der Leute, die vor ihr das Haus bewohnt haben und nun fort sind, das ganze Haus habe eine Fahne, sagt sie zu ihrer Freundin, die gekommen ist, um ihr bei dem Versuch, die Heizungen abzudrehen, zu helfen, aber die Heizungen lassen sich nicht abdrehen, auf allen drei Etagen funktionieren sie blindlings, wie das Telefon unten im Büro, von dem aus schon lange niemand mehr telefonieren will. Dieses unerbittliche Funktionieren führt die Polin nicht auf die Fürsorglichkeit des Hotelinhabers zurück, sondern ganz im Gegenteil auf die Verwahrlosung, die immer genau an den Orten eintritt, an denen sie zu tun hat. Sie weiß noch gut, wie sie damals im Garten des polnischen Hotels den Rasensprenger angestellt und dann über Tage hinweg vergessen hatte, ihn wieder abzudrehen, unaufhörlich hatte er den Rasen gesprengt, und als er sich auch noch während eines schweren und langandauernden Landregens hin und her geneigt und seine feinen Tropfen unter den Regen gemengt hatte, waren die Zimmermädchen, darunter auch sie, schon so betrunken gewesen, daß sie nur kurz von ihren Gläsern aufgesehen hatten, in das viele Wasser hinein, das draußen floß, und dann wieder anstießen: Auf alles, was flüssig ist! Und weitertranken.

Bei solchen Erinnerungen schlägt die Scham der Polin um in etwas wie Glück, denn die Verlassenheit all dieser Zimmer ermöglicht ihr auch, sich an etwas zu erinnern, das ihr vertraut ist. Manchmal nimmt sie den Telefonhörer im Büro auf und hält ihn ans Ohr, um sich des Freizeichens zu versichern, das noch immer darauf hinweist, daß es möglich wäre, eine Verbindung herzustellen, oder sie kauft sich Feinstrumpfhosen, und zieht sie, gleich nachdem sie sich unter einer der drei Duschen gewaschen hat, über die blaugeäderten Beine, um dann die Packung in den kleinen Abfalleimer zu werfen, den sie später selbst leert, ganz so, wie sie das damals in den verlassenen Gastzimmern gemacht hat, als sie noch ein Zimmermädchen war. Wenn die Freundin sie besuchen kommt, borgen sie sich den Fernseher aus dem Gesellschaftszimmer, sie schleppen ihn zu zweit die Treppe hinauf, stolpern über das nachschleifende Kabel, ächzen und kichern, und dann machen sie sich einen gemütlichen Abend, wie früher. Wenn der gemütliche Abend um ist, besteht die Polin, unabhängig davon, wieviel sie getrunken haben, darauf, daß sie den Fernseher wieder hinuntertragen, sie will, daß alles an seinem Platz steht, und der Platz für den Fernseher ist eine Etage tiefer im Gesellschaftszimmer, auf dem flachen Ecktisch zwischen den blankgewetzten Sesseln, inmitten von Zeitungen, die aufgeblättert herumliegen, verjährte, vergilbte und zerknickte Zeitungen aus der Zeit, als das Hotel noch Gäste hatte, die Zeitung lasen. Die Freundin findet es anstrengend und unnötig, an einem Ort wie diesem Ordnung zu halten, aber sie schleppt, ohne ein Wort darüber zu verlieren, den Fernseher hinunter, stolpert auch treppab über das Kabel, und behält ihre Einwendungen für sich, denn in letzter Zeit hat sie immer häufiger darum gebeten, auch über Nacht im Haus bleiben zu dürfen, und sie weiß, daß die Polin nie nachfragen würde, die Polin sagt immer ja, und stellt ihr die Wahl des Zimmers frei.

Nach einem solchen gemütlichen Abend, als die Freundin darum gebeten hat, auch über Nacht bleiben zu dürfen, liegt die Polin im oberen Fach ihres Doppelstockbetts und blickt, das Gesicht flach in die Hand gelegt, hinunter in die Niederungen ihres Zimmers, zufrieden darüber, daß die Stehlampe, die sie aus Polen mitgebracht hat, sich wenigstens dieses Raumes erbarmt und ihn mit warmem, orangefarbenem Licht bekleidet: Ohne Scham vermag sie in diesem Licht auf den abgetretenen Teppich zu blicken, auf den Tisch, von dem der Belag absplittert, und auf die Spreißeln, die von den Garderobenhaken übriggeblieben sind, an denen hängt ihr Kittel und erscheint durch die Vermischung der Farben nun braun. Die Polin hört, wie der Schneesturm draußen ums Haus fegt, manchmal wird er lauter, als hätte man ihm die Tür geöffnet. Sie hört auch, wie die Tür hinter dem Schneesturm ins Schloß fällt, einmal, zweimal, dann ist der Sturm wieder draußen. Dann hört sie, wie zwei Männer miteinander reden, dazwischen die Stimme ihrer Freundin, das Gespräch wird lauter, etwas fällt zu Boden, die Freundin weint, wieder schlägt eine Tür, einmal, zweimal, wie bei einem falschen Abgang auf dem Theater, wenn jemand vorgibt, er wolle fort, und auch hinausgeht, draußen aber gleich wieder umkehrt oder wieder hereingezogen wird. Die Polin erinnert sich an die Schlafsäcke, die sie in letzter Zeit in manchen Zimmern des Hauses auf den nackten Matratzen zusammengekrümmt liegen gesehen hatte. Jetzt hört sie Schritte: treppauf, treppab, treppauf, schnelle Schritte, und kurz darauf ist in dem Zimmer, das direkt unter ihrem liegt, ein Geräusch zu hören, als schlage jemand mit der Faust gegen eine Wand. Zum erstenmal scheint ihr erklärlich, warum das Haus nur an eine Person vermietet worden ist – es kommt ihr unter diesen Geräuschen sehr zerbrechlich vor, wie eine Bienenwabe, sie wundert sich beinahe darüber, daß sie nicht sehen kann, was unten vor sich geht, so dicht ist ihr alles, was hier zu hören ist, so sehr innerhalb, so, als streite da jemand in ihrer eigenen Haut, und diese Haut sei durchsichtig wie der Flügel einer Libelle. Dann fällt ihr der Eimer mit grüner Farbe ein, der im Zimmer unten bereitsteht, ihre Freundin hat ihn ihr geschenkt, damit sie die Decke neu anstreichen kann. Hoffentlich hält die Farbe, denkt sie, hoffentlich habe ich nicht soviel Gewicht, daß das Haus unter mir zusammenknickt. Komisch, denkt sie, daß man in einem Land, auf das so viel schwerer Schnee fällt, dieses Haus so leicht gebaut hat. Dann klettert sie mit nackten Füßen hinab, geht behutsam auf der dünnen Decke über die Köpfe der Fremden hinweg, die eine Etage tiefer in ihrer Haut streiten, und löscht das

Licht, das sie von zu Hause mitgebracht hat. Sie steigt wieder auf und legt sich ins Bett, das Gesicht flach in der Hand. Jetzt endlich läßt sie alle Türen hinter sich zuschlagen, bis sie irgendwann, irgendwann schließlich, das Zimmer erreicht, in dem der Schlaf wohnt.

Die Farbe ist ausgeschüttet, sie ist auch schon fest geworden und hat die Auslegeware mit einer faltigen grünen Haut überzogen. Es ist genau der Moment des Tages, an dem die Sonne am Himmel zu Besuch ist, gerade jetzt wirft sie einen kurzen Schein ins Zimmer und erleuchtet den besudelten Fußboden, ebenso, wie sie in Ländern, in denen Gras wächst, einen Rasenfleck hell machen würde. Später, als die Sonne längst wieder hinter den Horizont abgerutscht ist, steht die Polin in der großen Halle am Fließband und zerteilt die kalten Leiber der Fische. Sie sieht, daß die Hände, die neben ihr Fische zerteilen, mit grüner Farbe beschmiert sind. Da hebt sie den Blick und schaut auf die Ohren des Mannes, der neben ihr arbeitet: schmal, grau und pelzig sind sie, wie bei einem Tier. Dessen Atem also ist in dem Zimmer unter mir gewesen, denkt sie, und denkt auch, daß es am Meer liegen muß, daß sie das nicht gewußt hat, das Meer schiebt wohl soviel Schatten über der Insel zusammen, daß manches undurchsichtig wird, und man nicht leicht erkennen kann, mit wem zusammen man die Nacht eines Hauses heißatmet. Nach der Arbeit verläßt die Polin die Fabrik und geht durch den Ort hindurch, der Ort ist nur eine Straße lang, danach hört der Weg auf und das Schwarze fängt an, das Geröll. Die Jungfrau steigt im Dämmerlicht über die Brocken hinweg, immer höher auf. Sie hält sich an den Steinen fest, um über die Spalten zu steigen, wo die Erde sich in sich selbst verkeilt hat und aufgebrochen ist. Irgendwann ist sie so weit oben, daß ihr scheint, es werde heller. Es fällt kein Schnee, und geht nicht einmal ein Wind, und die Felsen sind trocken. Da setzt sie sich auf einen Stein, lehnt den Rücken an eine Felswand und schließt die Augen. Sie läßt sich die Sonne ins Gesicht scheinen und denkt: Schön ist es jetzt im Gebirge.

Tand

Meine Großmutter liegt auf der Wiese im Liegestuhl. Sie schläft in der Nachmittagssonne und hat zum Schutz ein gebogenes, rotes Plastikblättchen auf die Nase gesetzt. Dieses Plastikblättchen hat eine erhabene Äderung, wie ein wirkliches Blatt, und ist allein dazu erfunden worden, Nasen vor der Sonne zu schützen. Ich stehe neben der Liege und betrachte meine Großmutter. Sie hat dünnes, rötliches Haar, durch das die Kopfhaut hell durchschimmert, ihre Augen sind geschlossen, aber das Gesicht hält sie, selbst im Schlaf noch, gerade, hält die gebogene Nase mit dem schützenden Blättchen der Sonne entgegen, läßt den Kopf nicht beiseite fallen, nur das Fleisch ihres Körpers scheint schwerer als im Wachen, scheint in der Hitze geschmolzen und in die Arme und Beine hineingeflossen zu sein, und die Haut hat alle Mühe, diese schlaffen, aber gewaltigen Säulen zusammenzuhalten, sie ist dünn, dünn zum Zerreißen, ist fein und faltig, und schimmert wie Perlmutt. An der Seite, an der ich stehe, hängt eine Hand meiner Großmutter herunter, ich berühre sie vorsichtig mit dem Finger, um zu sehen, ob sie raschelt. Sie raschelt nicht, sie ist lebendig. Meine Großmutter trägt einen Ring mit einem quadratischen Stein am Finger, sie hat ihn niemals abgesetzt, und so ist der Ring im Laufe ihres Lebens unabnehmbar geworden, weil das Fleisch um ihn herum angewachsen ist. Um sich von diesem Ring befreien zu können, müßte sie sich den Finger abschneiden, denke ich, und hüpfe, zwei Stufen auf einmal, zwischen stachligen Büschen zum Wasser hinunter.

Am Nachmittag sehe ich meine Großmutter wieder, als sie zum Ufer kommt, um ihr tägliches Bad im See zu nehmen. Jetzt, schreitend, erscheint sie in ihrer ganzen Größe, auf dem Kopf eine hellblaue, streifenweise gerüschte Badehaube, weite Flächen des Leibes bedeckt von einem handgestrickten Bikini. Ihre weißen Füße sind noch weißer als sonst und geschmückt durch eine blumige Maserung, weil sie in Badeschuhen aus Gummi, Größe 44, stecken. In diesem Kostüm begibt sich meine Großmutter auf die Stufen, die in den See führen, Stufe für Stufe steigt sie in ihn hinein, und in ihm noch geht sie lange, bevor sie zu schwimmen beginnt. Ohne schaudern zu müssen, schreitet sie mit ihren beschuhten Füßen hinweg über alle nasse Unbill, die sich unter der Oberfläche verbirgt: über den feinen Schlamm, in den der Fuß weich einsinkt, über die kalte Quelle, die aus dem Schlamm in den See aufsteigt, über kleine Äste und die schwarzen Früchte der Erlen, die, mit Wasser vollgesogen, am Grund taumeln, über Glasscherben und Algen. Ich treibe auf meiner Insel dahin, einem großen aufgeblasenen Gummireifen, und sehe meiner Großmutter dabei zu, wie sie in den See hineingeht, ich stelle mir vor, wie die Rotbarsche jetzt um die fleischernen Säulen herumschwimmen. Ab einer gewissen Tiefe vertraut sie sich der Oberfläche des Wassers an, legt sich auf den Rücken und läßt sich treiben, Toter Mann heißt diese Schwimmtechnik, ich habe oft versucht, Toter Mann zu schwimmen, bin aber immer gleich untergegangen: Die Beine zuerst, gegen meinen Willen, hat sich mein Körper nach unten gebogen, wie eine Kerze, die in der Sonne weich wird. Ich bewundere meine Großmutter dafür, daß sie schwimmen kann, ohne sich bewegen zu müssen, vielleicht wird der handgestrickte Bikini, wenn er erst einmal richtig naß ist, sie zu den Rotbarschen hinabziehen, die jetzt unter ihr kreuzen. Im Moment sehe ich ihre Nase noch über dem Wasserspiegel aufragen, wie die Schwanzflosse eines Haifischs.

Nach dem Bad, bis zum Abendessen, geht meine Großmutter, ebenso wie vormittags, noch einmal an die Arbeit. Arbeit heißt, sie geht in ihr Zimmer, schließt die Tür und memoriert ihre Texte. Manchmal stehe ich im Vorraum und horche. Dieser Vorraum ist ein Schrankzimmer, in die Wände sind ringsherum Schränke eingelassen, und all diese Schränke sind verschlossen, meine Großmutter allein hat den Schlüssel zu ihnen. Der feine Geruch nach frischgebügelter Wäsche, der aus diesen Schränken dringt, von denen man dennoch nie wirklich wissen kann, was sie enthalten, verbindet sich auf dunkle Weise mit dem verschlossenen Zimmer, von dem ich eigentlich weiß, daß es nur meine Großmutter enthält, aus dem aber eine Vielzahl von Stimmen dringt, die ich nicht kenne. Zwischen mir und den Stimmen ist eine Tür, in die Scheiben aus Milchglas eingelassen sind, die klirren leise, wenn meine Großmutter drinnen im Zimmer auf und ab geht. Manchmal fällt ihr Schatten auf diese Milchglasscheiben, dann wundere ich mich, daß ich den Schatten meiner Großmutter sehe, während ich doch ein junges Mädchen sprechen höre: *Der Not gehorchend, nicht dem* eignen *Trieb/ Tret ich, ihr Häupter dieser Stadt,/ Heraus zu euch, aus den verschwiegenen/ Gemächern meines Frauensaals, das Antlitz/ Vor euern Männerblicken zu entschleiern.* Kurz darauf sehe ich noch immer den Schatten meiner Großmutter, aber jetzt spricht ein Mann, voller Trotz steht er da und sagt: *Als ich ein Kind war, kehrt ich mein Haupt zur Sonne!* Dann folgt eine große Stille, und diese Stille gebiert eine Stimme, jenseits von Mann und Frau, sie rollt heran wie Donner, die Milchglasscheiben erzittern: *Mahadö; der Herr der Erde!* Nur einen Ausruf gibt es, der nicht in Widerspruch zu dem hexenhaften Schattenriß mit der Haifischflossennase steht, den ich sehe: *Tand, Tand/ Ist das Gebilde von Menschenhand!* höre ich, und erkenne die Stimme meiner Großmutter, was aber all die anderen Stimmen angeht, frage ich mich, ob meine Großmutter, wenn sie aus diesem Zimmer herauskommt, immer so wenig mit mir spricht, weil sie Angst haben muß, daß ihr die fremden Menschen, deren Stimmen sie offenbar in ihren Besitz gebracht hat, aus dem Mund springen, wie der häßlichen Prinzessin die Kröten, wenn sie lügt.

Besuche kommen nicht zu uns, aber zwei Personen sind außer meiner Großmutter und mir noch tagsüber in unserem Haushalt. Da ist zum einen der Gärtner, der, mit einer großen Baumschere bewehrt, dem Wildwuchs an den Rändern des Gartens die Stirn bietet. Diese Stirn sieht aus wie ein Stein, hoch, hart und haarlos. Alles, was schief ist, schneidet der Gärtner gerade, und alles, was lang ist, kurz. Er spaltet auch Brennholz, reinigt Wasserrohre, schlägt Nägel in Wände. Immer, wenn ich ihm begegne, hält er irgendein schweres Gerät aus Metall in den knochigen Händen, und schlägt, sticht oder schneidet damit herum. Manchmal habe ich gedacht, daß er die Nächte, in denen er ja nicht bei uns arbeiten kann, dazu verwendet, sich selbst zu bearbeiten: sein Haar so kurz zu schneiden, daß es eben noch hinreicht, den öligen Seitenscheitel hineinzuritzen, sich die Fingernägel abzubeißen, die Wangen auszuhöhlen, die Haut an den Rändern des Schädels straff zu ziehen.

Die andere Gesellschaft in unserem Haushalt ist die Frau, die für uns kocht, weil meine Großmutter nicht kochen kann. Diese Frau hat jedes Jahr ein anderes Gesicht. Die eine hat zuviel geredet, die andere zuviel geweint, die dritte ihre Familie zu uns eingeladen, die vierte mußten wir nicht selbst wegschicken, sie war dem Gefängnis entlaufen, und ist eines Tages von der Polizei abgeholt worden. Die Köchinnen kommen und gehen, aber es gibt immer drei Gänge zum Mittag. Es gibt klare Rindsuppe, oder Tomatensuppe mit Sahnehäubchen, es gibt diverse Cremesuppen aus den Gemüsen des nachfolgenden Hauptganges, oder Brühe mit Eierstich, dann Braten und dampfenden Blumenkohl mit Bröseln, oder Spargel mit holländischer Sauce, oder gekochtes Rindfleisch, oder Pellkartoffeln mit Kräuterquark, oder gebratenen Fisch mit Reis, es gibt Gulasch und Knödel, oder Eintöpfe mit viel Kümmel. Und hin und wieder gibt es ein Schüsselchen Bregen für meine Großmutter, Bregen, das Gehirn vom Rind. Ich beobachte, wie meine Großmutter ißt, wie sie sich dieses Gehirn in ihren Kopf hineinsteckt, und frage mich, ob das wohl ihre Methode ist, zu den vielen Stimmen zu kommen. Erdbeerquark, Eis mit Sahne, Obstsalat, Vanillepudding, Heidelbeeren. Und dann schlafen. Meine Großmutter mit dem geäderten Blättchen auf der Nase, und ich im Schatten unter dem Rotdorn, die Köchin klirrt von ferne mit dem Geschirr, der Gärtner verwandelt Schnitt für Schnitt den Garten in Reisig, und ich soll schlafen, aber ich flechte Zöpfe in die Fransen der Wolldecke, unter der ich liege, ich will nicht schlafen, ich finde es langweilig, und warte nur auf den dunklen Pfeifton, der auch im Kopf meiner Großmutter wohnt, und anzeigt, daß sie eingeschlafen ist. Dann hüpfe ich, zwei Stufen auf einmal, zwischen den stachligen Büschen zum Wasser hinunter.

Nach dem Abendessen, zu Beginn der Nacht, wird meine Großmutter häufig von ihrem Fahrer abgeholt und in die Stadt chauffiert. Im Gegensatz zum Reigen der Köchinnen bleibt der Fahrer all die Jahre über immer derselbe, mit einem eingedellten Hut, den er leicht anhebt, um zu grüßen, und weil auch der Hut all die Jahre über derselbe bleibt, ist die Stelle, an der er angehoben wird, schon ganz speckig geworden. Meine Großmutter tritt in der Stadt vor Publikum auf, sie ist Sprechmeisterin, und auf einem Plakat, das im Wohnzimmer hängt, steht der Eintrittspreis, den die Leute zahlen müssen, um sie sprechen zu hören. Ich würde den Eintrittspreis gern zahlen, um meine Großmutter sprechen zu hören, denn sie spricht sonst nicht viel mit mir, und es wäre mir auch egal, ob es ihre eigene Stimme wäre, oder eine von den fremden Stimmen, die sie in ihren Besitz gebracht hat, aber sie nimmt mich niemals mit. Der Fahrer fügt zu den Griffen, die seinen Hut speckig gemacht haben, einen weiteren hinzu, um sich von mir zu verabschieden, dann hält er meiner Großmutter die Tür des Wagens auf, reicht ihr den Arm, und erst, als sie bequem sitzt, und alle Teile ihres langen glänzenden Kleides glücklich zu sich hineingezogen hat, schlägt er die Tür sanft hinter ihr zu und fährt mit ihr fort.

Nachts ist die Köchin nicht da, da verdorren die Kräuter, die sie in kleinen Wassergläsern ans Küchenfenster gestellt hat, da wird das Brot, das wir übriggelassen haben, flauschig vom Schimmel, da verlieren die Kannen ihre Deckel und Teller gehen zu Bruch, da wird der Zucker im Glas gelb, und das Salz feucht, wie einen Stein könnte ich es auf jemanden werfen, wenn jemand da wäre. Nachts befällt Grünspan die Messer, und die Schubladen quellen auf, so daß man sie nicht mehr bewegen kann, die Marder auf dem Dachboden jagen und beißen sich und zerpinkeln mir die Zimmerdecke über dem Kopf, die Vorhänge klemmen und reißen, und die Fensterrahmen werden weit und lassen das Glas los, das Glas fliegt, fällt und splittert, die Köchin ist nicht da. Nachts ist der Gärtner nicht da, er ist jetzt bei sich zu Haus, steht vor einem halbblinden Spiegel und schneidet an sich herum, reißt sich die Haare aus, gräbt sich mit einem Meißel das Fleisch aus den Wangen, und verbeißt sich in die eigenen Hände, niemand mehr da, der dem Wald die Stirn bieten könnte, niemand, die Zeit in saubere Stücke zu schneiden, nachts höre ich das Gras wachsen, ich höre, wie das Gras sich von unten heraufschlängelt und die Wege verwischt. Die Köchin ist nicht da, der Gärtner ist nicht da, und ich, ich, ich warte auf meine Großmutter.

Als ich groß genug bin, um meiner Großmutter beim Spazierengehen den Arm zu reichen, beginnt sie, mich im Sprechen zu unterrichten. Sie zerlegt für mich die Worte in einzelne Stücke, die ich wieder und wieder hersagen muß, bis sie jenseits von jedem Sinn so geläufig sind wie eine eigene Sprache. Ma, Me, Mi, Mo, Mu, Mei, Meu, Mau, Mü, Mö, Mä. Dann gibt sie mir Sätze zu sprechen, legt mir dabei aber Steine in den Mund, damit die Zunge lernt, sich um jedes Hindernis herumzuwinden. Anfangs ersticke ich beinahe an diesen Übungen und muß mich vor allem darauf konzentrieren, mich nicht zu erbrechen, aber schließlich hört man kaum noch, wie der Kiesel beim Sprechen gegen die Zähne schlägt, und die Sätze erscheinen klar und deutlich, sei es nun südlich, nördlich, westlich oder östlich des Findlings, mit dem meine Großmutter mir den Mund gestopft hat. Später folgt eine Übung, bei der meine Großmutter und ich in zwei diagonal gegenüberliegenden Ecken eines Zimmers stehen. Wir rufen uns zu: Heh! Immer wieder: Heh! Heh! Ich verstehe nicht, warum ich, wenn ich mit meiner Großmutter in einem Zimmer bin und sie gut sehen kann, ihr Heh! zurufen soll, aber irgendwann gibt es einen Moment, in dem mein Ton wie ein Strahl wird, den ich auf sie richte, und das ist der Moment, in dem ich zum ersten Mal das Gefühl habe, sie zu treffen.

Nun bin ich in meinem Gaumen, meiner Kehle, meiner Mundhöhle zu Haus, ich habe die Wörter in meinen Besitz gebracht, sie wohnen auf meiner Zunge und zwischen meinen Lippen, ich atme durch die Nase bis tief in den Körper hinein, und füttre die Wörter mit Luft. Meine Großmutter lehrt mich jetzt mehrere Sätze hintereinander sprechen, so daß sie eine Landschaft ergeben, lehrt mich Pausen machen, und schweigen, und dann lehrt sie mich, daß man weinen kann, wenn man weinen will, und lachen, wenn man lachen will. Weinen oder lachen, so laut und solange man will. Und ganz zum Schluß lehrt sie mich, hinter meine Stimme zurückzutreten, als würde ich einfach nur jemandem, der sprechen will, meinen Körper leihen, damit er sich bemerkbar machen kann, und meine Gedanken, um zu denken, und meine Gefühle, um zu fühlen. Und jetzt verstehe ich, warum meine Großmutter nie als Großmutter mit mir gesprochen hat – sie ist so weit hinter ihre Stimme zurückgetreten, daß sie ihre Enkelin nicht mehr hat sehen können.

Schließlich beginne ich, öffentlich aufzutreten, ich rezitiere Gedichte, Balladen, und Monologe aus Theaterstücken, und es kommen Leute, die Eintritt zahlen, um mich sprechen zu hören. An den ersten Abenden sitzt meine Großmutter im Publikum und applaudiert mit ihren weichen Händen, die gar keinen Knall machen können. Dann sagt sie: Ich werde nicht mehr auftreten, du machst das gut. Sie sagt es so, als würde sie einen großen und schweren Haufen Ziegelsteine zu mir herüberkippen. Ich liege unter Staub und Schutt und sage Nein, aber meine Großmutter hat beschlossen, meinen Widerspruch nicht zu hören. Von diesem Tag an tritt sie tatsächlich nicht mehr auf, aber zu Hause höre ich sie noch immer hinter verschlossener Tür sprechen, als würde sie üben, nur die Texte kenne ich nicht und kann die Worte nicht verstehen, manchmal höre ich sie auch lachen, aber es ist nicht das Lachen, das sie mir beigebracht hat: So laut und solange man lachen will!, sondern ein zartes, feines, ein Gespinst von einem Lachen, eigentlich das Lachen eines jungen Mädchens. Nach und nach wird mir klar, es muß ihr eigenes Lachen sein, das da zu ihr heimgekehrt ist wie eine verlorene Tochter, ein junges Lachen, das bei seiner Rückkehr einen alten Körper vorgefunden hat, in den es nun wieder eingetreten ist. Als ich sie frage, mit wem sie spreche, und in welcher Sprache, sagt sie, sie spreche mit den Vögeln, und mit dem Hund des Nachbarn, der immer zu ihr herüberbelle, dann belle sie zurück. Sie zieht die eine Hälfte ihrer verdorrten Lippen nach oben: Sie lächelt.

Am nächsten Morgen sehe ich sie an den Rändern des Gartens umhergehen, und immer wieder stehenbleiben und lauschen. Sie geht schwer, mit schiefen Hüften, die Arme hat sie quer über dem Rücken ineinander verschränkt, so daß sie von hinten aussieht wie eine, die abgeführt wird. Dann wieder, wenn sie stehenbleibt und ins Dickicht hineinschaut, reckt sie den Kopf, als hätte sie etwas gefragt und sei mit der Antwort, die der Wald ihr gibt, nicht ganz einverstanden. Nachdem sie lange an verschiedenen Stellen in diese ihr entgegenwuchernden Zweige und Äste hineingelauscht hat, kommt sie ins Haus zurück und setzt sich auf die Bank im Flur, damit ich ihr die Schuhe ausziehen kann, die mit silbernen Schnallen besetzt und groß wie Schiffe sind und naß vom Tau. Wo ist eigentlich der Gärtner geblieben?, fragt sie. Der Gärtner ist doch vor Weihnachten gestorben, sage ich. Ach, das wußte ich nicht, sagt sie, und lächelt abermals. Zum Aufstehen reicht sie mir ihre Hand, und die Hand ist klebrig wie die Rinde von Bäumen, aus denen man das Harz laufen läßt, bevor sie gefällt werden.

Meine Großmutter geht mir jetzt hin und wieder verloren. Nachdem sie den Garten bis zu den Rändern erkundet hat, spaziert sie hinaus auf die Straße, sie geht mühsam, aber zielstrebig, und macht dabei runenförmige Bewegungen mit den Armen, wie eine Schildkröte, als wolle sie sich von der Luft abstoßen, wolle all das, was es gibt, bald hinter sich bringen. Einmal finde ich sie vor einem Nebeneingang zum Nachbarhaus, der, seit ich mich erinnern kann, niemals benutzt worden ist. Er ist ganz mit Efeu zugewachsen und die Türklinke ist verrostet. Meine Großmutter ist die bemoosten Stufen hinaufgestiegen und schlägt jetzt mit hocherhobenen Fäusten gegen die Tür. Da nehme ich sie beim Arm und führe sie nach Haus. Wen hast du gesucht, frage ich sie. Meine Mutti, antwortet sie. Sie ist hinter der Tür?, frage ich. Ja, sagt sie. Woher weißt du das? Ich habe gestern mit ihr gesprochen. Worüber denn?, frage ich. Über alles, sagt sie, über das, was mich bedrückt, und das, was mich freut.

Meine Großmutter pudert sich jetzt manchmal zu dick, oder vergißt, den Reißverschluß ihrer Hose zuzumachen, manchmal hat sie Flecken auf der Bluse, oder ihre Fingernägel sind schmutzig, sie vergißt, sich die Haare, die ihr aus dem Gesicht wachsen, auszureißen. Sie sieht jetzt nicht mehr aus wie eine Frau, sieht auch nicht mehr aus wie eine alte Frau, sie sieht jetzt einfach nur noch wie etwas Altes aus, jenseits von Mensch, Tier oder Pflanze, als führe das Alter sie in eine allgemeine Tarnung hinein, die notwendig ist, damit sie schließlich ganz in Natur übergehen kann.

Mit diesem Körper, der nun abgenutzt ist, hat meine Großmutter nicht mehr viel im Sinn. Muß ich essen?, fragt sie mich, und ich sage: Aber ja. Hab genug davon, sagt sie und wehrt ab, als ich ihr Fleisch auftun will, nur ein Salatblatt schiebt sie sich Stück für Stück zwischen die Zähne, dann stochert sie in ihrem Kompottschälchen herum, oder rührt im Eisbecher, bis das Eis geschmolzen ist, und schlürft dann den Becher aus. Es langweilt mich, sagt sie, es ist immer das gleiche, man steckt es oben hinein und unten kommt es heraus. Muß ich essen? Aber ja. Manchmal schiebt sie mir ihre Portion hin, damit ich aufesse, was sie übriggelassen hat. Erst denke ich, es sei ihr einfach zuviel, aber dann wird mir klar: Sie will überprüfen, daß sie noch ißt, was Menschen essen. Es ist langweilig, sagt sie.

Muß ich sie sehen, wenn sie tot ist?, fragt sie mich. Ich verstehe nicht. Ich bin noch nie bei einer Beerdigung gewesen, sagt sie, und fragt wieder: Muß ich sie sehen, wenn sie tot ist? Jetzt verstehe ich. Nein, sage ich, du mußt sie nicht sehen. Das ist gut, sagt sie. Ich habe noch nie eine Leiche gesehen, sagt sie. Nur Mutti. Ganz kurz. Dann nimmt sie den Ring mit dem quadratischen Stein vom Finger, und steckt ihn wieder auf, nimmt ihn ab, steckt ihn auf. Das geht jetzt ganz leicht, die Finger sind dünn geworden. Nimmt ihn ab, steckt ihn auf. Ich werde keine gute Leiche abgeben, sagt sie.

Ich gewöhne mir jetzt an, nachts neben dem Bett meiner Großmutter zu schlafen, denn sie findet nicht mehr aus dem Schlaf heraus, verirrt sich, wenn sie auf Toilette gehen will, kennt das Haus nicht mehr, in dem sie ihr Leben verbracht hat. Manchmal auch spricht sie im Traum, oder ruft etwas, als erwarte sie Antwort. *Tand, – !*, ruft sie, *Tand, – !* Irgend etwas in mir sträubt sich dagegen, die Zeile, deren Scherbe da im Traum meiner Großmutter steckengeblieben ist, zu Ende zu sprechen, ich liege neben ihr und träume selbst, und in meinem Traum weiß ich, daß meine Großmutter nur so lange leben wird, wie das Gedicht unvollendet bleibt. Meine Großmutter scheint nicht unzufrieden darüber, daß ich ihr antworte, indem ich stumm bleibe, und sagt: Komisch, wie sich e i n Wort seinen Weg durch das Dickicht der Wörter bahnt.

Als meine Großmutter merkt, daß während ihres Schlafs auch Tage dahingehen, setzt sie sich auf die Bettkante, um wach zu bleiben. Wie kann man leben, wenn man nur schläft, fragt sie mich. Sie ist noch immer so groß, daß sie im Sitzen ihre Füße auf den Boden stellen kann, aber die Füße sind nackt, weil sie nicht mehr in die Hausschuhe hineinpassen. Der Körper meiner Großmutter ist abgemagert, aber voller Wasser, wie ein leckgeschlagenes Schiff, und wenn sie sitzt, fließt das Wasser in ihre Füße. Ich erkenne die Zehen noch als die Zehen meiner Großmutter, als die Urform meiner eigenen Zehen, aber das Wasser attackiert diese Form von innen, es setzt dazu an, sie zu sprengen. Jetzt hat der See doch noch seinen Weg in meine Großmutter hinein gefunden, muß ich denken, und sehe meiner Großmutter einige Tage und Nächte beim Sitzen zu. Solange ich sitze, lebe ich, sagt sie, und sitzt.

Dann kommt der Tag, an dem ich sagen muß: Der Wagen ist vorgefahren. Meine Großmutter zweifelt daran, daß der Fahrer noch lebt, aber ich sage: Sicher lebt er noch. Sie schaut den Fahrer an, der ihr die Tür aufhält, aber zum Gruß nicht den Hut anhebt, er hat auch gar keinen Hut, und meine Großmutter sagt: Das ist nicht mein Fahrer, aber ich sage: Natürlich ist er es, und drücke sie auf den Sitz nieder, und biege und schiebe ihre Füße so lange, bis sie in das Auto hineinpassen.

Als ich vom Krankenhaus zurückkomme, gehe ich hinauf ins Schrankzimmer, um an der Verbindungstür zum Zimmer meiner Großmutter zu horchen. Die Milchglasscheiben der Tür klirren leise, als ich näher komme, aber sonst bleibt alles still. Der Geruch nach frischgebügelter Wäsche dringt aus den Schränken, sie sind noch immer verschlossen, obgleich ich weiß, wo der Schlüssel hängt, seit ich den Haushalt führe. Ich nehme den Schlüssel vom Haken, öffne die Schränke und blicke auf die Stapel gestärkter Bettlaken, auf bestickte Kopfkissenbezüge, Paare ineinander gefalteter Socken und lange Reihen von Blusen. Ich habe die Ordnung der Wäsche gewahrt, wie meine Großmutter sie zeitlebens gewohnt war, habe gewaschen, gebügelt und zusammengelegt, und den Schlüssel an seinen Platz zurückgehängt. Ich bin meiner Großmutter in ihre Ordnung hinein gefolgt, aber sie hat sich davongemacht, wird mir jetzt klar, und sie hat nichts mehr abschließen müssen, um sich davonzumachen, sie ist einfach etwas anderes geworden, wie eine Mumie, die sich bei ihrer Entdeckung in Staub verwandelt und auffliegt. Jetzt erinnere ich mich an einen Satz, den sie an einem jener Tage gesagt hatte, an denen sie mir verlorengegangen war. Ich hatte sie an einer Straßenecke wiedergefunden, dort stand sie und reichte jedem, der vorüberging, die Hand. Warum gibst du all diesen fremden Leuten die Hand?, hatte ich sie gefragt, und sie hatte, ohne mit dem Abschiednehmen aufzuhören, geantwortet: Ich bin auf dem Weg zum Goldenen Vlies.

Ich öffne die Tür zu einem Zimmer, an dem irgendeine Nummer steht, ich will meiner Großmutter Gute Nacht sagen. Sie liegt schon zugedeckt im Bett, und ihr Körper ist so wenig geworden, daß er die Decke kaum anhebt. Eine Handvoll Körper liegt da unter der Decke, und zum ersten Mal im Leben beuge ich mich zu diesem Körper hinunter, um ihn zu umarmen, um das Wenige zu umarmen, was von meiner Großmutter noch da ist. Als ich mich auf der Schwelle noch einmal zu ihr umdrehe, sehe ich: Sie ist schon eingeschlafen, aber ihre Arme streckt sie immer noch nach mir aus, bis über den Schlaf hinaus ragen sie mir hinterher.

Atropa bella-donna

Das Blut läuft so heiß aus meinem Körper heraus, wie mein Körper heiß ist, und mein Körper ist so heiß wie die Sonne, die auf ihn scheint, die Sonne hat die Hitze wie einen Block auf die Straße gestellt, und in den Block bin ich eingeschmolzen. Ich habe stehenbleiben müssen, um meine Knochen anzuschauen, irgend etwas in mir hat sich gegeneinander verschoben, so daß es wehtut, mein Becken, die knöcherne Schale, ist ineinander verkracht, aus der läuft das Blut heraus, und darauf war ich nicht gefaßt. Es wäre schön, wenn sich der, den meine Mutter immer meinen Bruder nennt, weil er der Sohn ihrer besten Freundin ist, zu mir umdrehen würde. Aber er dreht sich nicht um, sondern geht geradeaus weiter, geht in diesem Block aus Hitze immer weiter von mir weg, die leere Straße hinunter, Richtung Grenze, ohne sich umzudrehen, so wie er schon den ganzen Tag gegangen ist, immer fünf Schritte vor mir, das Schmetterlingsnetz in der Hand.

Ich weiß, wie die Füße dessen aussehen, der sich von mir entfernt. Der Staub auf ihnen ist der gleiche

Staub, der auch meine Füße bedeckt, aber weil meine Füße vorher sehr weiß waren, sehen sie inzwischen einfach sehr schmutzig aus, bei ihm aber, das weiß ich, ist der Staub heller als die Haut, bei ihm legt er sich auf die dunklen Füße wie Spuren von Mehl auf ein Brot. Ich weiß, daß er den Stab, an dem das Schmetterlingsnetz befestigt ist, auf die gleiche Weise in seiner Hand hält wie die Schreibgeräte, mit denen er mir manchmal Zahlen in mein Heft schreibt, wenn ich mit den Berechnungen am Ende meines Verstandes angekommen bin. Drei Finger oben, zwei unten, zwischen Ring- und Mittelfinger hält er die Schreibgeräte, und hält so auch den Stab, an dem das Schmetterlingsnetz befestigt ist. Ich weiß, wie seine Stimme klingt, die er jetzt nicht erhebt, um mir auf meinen Ruf zu antworten, und dabei wäre vielleicht die Entfernung, die uns trennt, und die allerdings immer größer wird, gerade noch gering genug, daß er die Stimme nicht einmal erheben müßte, nur verwenden. Aber auch das tut er nicht, er trägt die Stimme, die in ihm eingeschlossen ist und ohne seinen Willen nicht aus ihm heraus zu mir hin kann, unbenutzt mit sich fort, unerhoben und unverwendet. Es ist schade, daß er im Gehen nicht schlafen kann, denn im Schlaf hat sich seine Stimme manchmal zu mir herübergestohlen, im Traum habe ich ihn zählen hören, und die Zahlen, die aus den Mündern anderer Menschen so knochig und dünn heraussteigen, sind aus seinem Mund so warm herausgekommen, als hätte er die Konsonanten zuerst zwischen seinen Zähnen gemahlen und rauh gemacht, damit sie die Farbe des Vokals besser aufnehmen können. Viele Nächte habe ich ihm beim Zählen zugehört, ohne daß er davon wußte. Viele Nächte haben wir in einem Bett geschlafen, weil meine Mutter sagt, er sei beinahe mein Bruder.

Erst an der Grenzstation erreiche ich ihn wieder. Er hat dort auf mich gewartet, damit wir gemeinsam über die Grenze gehen können, wie es ausgemacht war. Die Idee zu diesem Spaziergang in das andere Land rührt noch aus der Zeit, als wir, beinahe Geschwister, die Pläne unserer Mütter mühelos mit Ideen füllen konnten. Der Plan unserer Mütter in Hinsicht auf diese Reise war gewesen, uns beide zum ersten Mal allein in die Ferien zu schicken. Inzwischen aber hat sich diese Reise als etwas erwiesen, das einer Verbannung ähnelt, und zwar nicht etwa deshalb, weil wir, von unseren Müttern weit entfernt, zum ersten Mal auf uns selbst gestellt die Ferien verbringen müssen, sondern eher in dem Sinn, daß wir aufeinander verbannt sind, er, der beinahe mein Bruder sein könnte, auf mich verbannt, und ich auf ihn. Seit unserem Aufbruch ist ein Schweigen an die Stelle unserer früher immer so lebhaften und mühelosen Gespräche getreten, und obgleich er, den man beinahe meinen Bruder nennen könnte, noch immer Haare wie Schlangen hat und lange Arme, die frei schwingen – seine Augäpfel sind seit unserer Ankunft auf dem Zeltplatz wie aus Eisen, und seinen Blick hält er mir wie ein Schild entgegen, so wie einer, der nur eingegipst und gepfählt seiner Heimatlosigkeit Widerstand zu leisten vermag. Mich hingegen hat es bei dem Schiffbruch auf ein Eiland verschlagen, dessen Quellen seit meiner Ankunft versiegt sind, und wenn man mich später einmal findet, werde ich ausgedörrt daliegen, das Gesicht von Spinnweben überwachsen. Ich sehe meinen Gefährten, wie er, der Abmachung getreu, an der Grenzstation auf mich wartet, und weiß, daß er nur noch hier ist, um unsere Idee abzutragen, so wie man eine Schuld abträgt, oder ein Haus, das einsturzgefährdet ist. Jetzt, als ich ihn an der Grenzstation endlich erreiche, wird mir klar, daß von unserer Idee nichts als das Gerippe übriggeblieben ist, der Fakt nämlich, daß wir gemeinsam zu Fuß über diese Grenze gehen wollten. Das ganze Fleisch der Idee ist auf der Strecke geblieben, auf dieser endlosen Strecke, auf die die Sonne geschienen hat, während das Blut aus mir herauslief, und er auf meine Rufe nicht geantwortet hat, und ich gesehen habe, wie er immer kleiner wurde, und schließlich ganz und gar verschwand, ohne sich zuvor auch nur einmal zu mir umzudrehen.

Die Grenzstation ist ein Bretterhäuschen, das vor langer Zeit in dem aseptischen Grün angestrichen wurde, das hier wie überall, wo man ihm begegnet, schon abblättert, die Bretter des Häuschens haben sich verzogen, und überhaupt scheint diese Grenzstation vernachlässigt und nicht sehr begangen zu sein, denn außer mir und dem Sohn der besten

Freundin meiner Mutter, der in einiger Entfernung auf einem Stein sitzt und wartet, ist kein Spaziergänger zu sehen. Auch der Weg, der an dem Beamten vorbeiführt, dem man den Paß zeigen muß, ist nur sehr schmal und nicht einmal gepflastert, ist nur festgetretener Waldboden, der um eine Schranke herumführt, die, wie man an einer rostigen Kette sehen kann, mit der sie verriegelt ist, wohl sehr selten, vielleicht sogar nie, angehoben wird. Die vordere Hälfte des Häuschens ist der Raum für den Beamten, und die hintere eine öffentliche Toilette. Diese Aufteilung scheint den Spaziergänger dazu einzuladen, sich in dem Land, das er verläßt, ein letztes Mal zu entleeren, bevor er, reinen Leibs, in eine Luft eintritt, die von einer fremden Sprache bewegt wird. Ich muß mich nicht entleeren, weil ich seit dem Beginn dieser Reise innerlich so erfüllt bin, daß ich aufgehört habe zu essen, aber ich wußte nicht, an wen ich mich mit meiner Unpäßlichkeit sonst wenden könnte, als an die alte Frau, die auf der Kehrseite der Grenzstation vor der Toilette sitzt, ein Tellerchen aus Porzellan auf dem Schoß, auf dem noch keine einzige Münze liegt. Sie sitzt auf einem Stuhl genau in der Mitte zwischen der Tür für die Herren und der Tür für die Damen wie die Königin eines Wetterhäuschens. Diese alte Frau ist die einzige, die mir aushelfen kann, da jetzt, mitten in der Hitze, mein Blut begonnen hat zu fließen. Die Frau nimmt auf meine Frage hin das leere Tellerchen von ihrem Schoß, stellt es hinter sich auf die Sitzfläche ihres Throns und geht mir voran. Sie hält mir die Tür für die Damen auf, als wolle sie mich mit dem Türblatt hineinwedeln, und bevor sie die Tür hinter uns schließt, sehe ich noch, wie der Sohn der besten Freundin meiner Mutter mit dem Schmetterlingsnetz am Wald entlangstreicht, um sich die Zeit zu vertreiben.

Wenn ich in diesen Ferien Nacht für Nacht neben dem, der im Prinzip mein Bruder sein könnte, im Zelt liege, nur durch den Stoff, aus dem das Zelt gemacht ist, vom Regen und vom Erdboden getrennt, erkenne ich, weil die künstliche Haut so dünn ist, jeden einzelnen Tropfen, der auf uns regnet, jeden Zweig und jeden Stein unter mir, manchmal auch ein Tier, das sich trotz des Gewichts, mit dem ich auf ihm liege, noch bewegt. Nacht für Nacht überlege ich, ob ich es ihm jetzt sagen soll. Aber an der Art des Schweigens, das zwischen uns liegt wie ein dritter Körper, der ohnmächtig geworden ist, erkenne ich, daß er, der sonst immer wie ein Bruder für mich war, und der sich hinter diesem zwar nicht sichtbaren, aber deutlich spürbaren und erstaunlich kühlen Körper verbirgt, der zwischen uns liegt und vielleicht gar nicht ohnmächtig, sondern womöglich schon tot ist, daß dieser, der einmal so etwas wie ein Bruder für mich war, längst weiß, was ich ihm sagen möchte, und es nur nicht hören will. Er weiß es, will es aber nicht wissen. Er will verhindern, daß ich es ausspreche. Und weil ich fürchte, daß meine Worte auch noch sein lebendiges und schönes Fleisch von mir entfernen könnten, nachdem ich dieses in Hinsicht auf mich ja schon unbeseelt nennen muß, verzichte ich darauf, diese Worte auszusprechen, und gebe mich damit zufrieden, daß der, den ich liebe, wenigstens noch innerhalb der gleichen künstlichen Haut anwesend ist, als seien wir Zwillinge im Bauch einer unserer Mütter, die so gut befreundet sind, daß es nicht verwunderlich gewesen wäre, wenn sie einen gemeinsamen Bauch gehabt hätten, um uns zu beherbergen.

Aber mag etwas, das Schrecken ausübt, beim Namen genannt werden oder ungesagt bleiben, wie ein Stein ist es da, und wie einen Stein wird der, der es fürchtet, es sich vom Hals schieben. So machte es keinen großen Unterschied, daß die Ferien nicht aufgrund eines Geständnisses meiner Liebe vorzeitig abgebrochen wurden, sondern aufgrund der Tatsache, daß der, der mein Bruder hätte sein sollen, unter dem Druck meiner uneingestandenen Liebe krank wurde. Aber an dem Morgen, an dem er mit hohem Fieber im Zelt liegenbleibt, und seine Stimme so heiser ist, daß ich ihn nun tatsächlich nicht mehr hören kann, selbst als er jetzt versucht, sich verständlich zu machen, überkommt mich ein einziges Mal während dieser Liebe eine wirre Hoffnung: Er sei nur krank geworden, um meiner unausgesprochen gebliebenen Liebe unausgesprochen einen Weg zu bahnen, hoffe ich. Also schwankend zwischen der Sorge um den unter der dunklen Haut ganz blaß gewordenen Geliebten und einem unaussprechlichen Glück über sein Kranksein gebe ich mich in dem gleichen Grade, in dem ich mich unter anderen Umständen ihm selbst hingegeben hätte, einen Vormittag lang der Hoffnung hin. Als sei ich von jetzt an Herrin über den Verlauf der Ereignisse, im Grunde aber, um den Augenblick hinauszuzögern, in dem sich meine Interpretation des Vorgefallenen mit der Wirklichkeit messen muß, weise ich die Geschenke, die diese Hoffnung mir macht, vorerst zurück. Ich gebe mich damit zufrieden, große Kreise um das Zelt zu ziehen, in dem der Kranke liegt, anstatt mich dicht neben sein Lager zu hocken. Ich gehe auf dem Platz umher und bitte die Nachbarn um frischaufgebrühten Pfefferminztee, kehre mit dem Pfefferminztee aber nur kurz im Zelt ein, um die Tasse auf den buckligen Boden neben den Kranken zu stellen, und krieche sofort wieder hinaus. Ich verzichte darauf, ihm zum Beispiel die Hand auf die Stirn zu legen, was ich unter diesen Umständen mit gutem Grund tun könnte, verzichte darauf, bestätigt zu finden, daß sein Fieber exakt der Temperatur meiner Verfallenheit an ihn entspricht, was ich während dieser wenigen Vormittagsstunden zu hoffen wage. Während ich dann umhergehe und jemanden suche, der mir ein Kofferradio borgt, damit der, um den ich mich sorge, Unterhaltung hat, während er krank daliegt, sage ich mir auch, daß es nur ritterlich sei, für das längst fällige Gespräch über die Liebe, die sich in der Krankheit meines Reisegefährten ja nun deutlich genug zu erkennen gibt, die Wiederkehr seiner Gesundheit abzuwarten. Ich denke an diesem verregneten Vormittag, während ich auf dem Zeltplatz umherirre und jemanden suche, der uns ein Fieberthermometer borgen könnte, auch, daß mir der, den ich seit längerem schon nicht mehr als meinen Bruder betrachte, nun endlich Gelegenheit gibt, unter Beweis zu stellen, daß gerade jemand, der wahrhaft liebt, seine eigenen Anliegen leichten Herzens zurückstellt, wenn der andere unter Schmerzen leidet, daß Liebe rein kameradschaftliche Hilfeleistungen nicht ausschließt, daß Leidenschaft die Fähigkeit zu überlegtem und sinnvollem Handeln im Falle der Not eher erhöht als vermindert. Die Hingabe an eine Hoffnung unterscheidet sich ja nur in einem Punkt von der Hingabe an etwas Wirkliches: Sie bringt, wenn sie nicht zu einem baldmöglichen Zeitpunkt von ihrer Erfüllung gestützt wird, den Hoffenden in eine extreme Schräglage, und infolgedessen dann irgendwann zu Fall, zu Bruch, oder zu was auch immer, das einem zustößt, der sein Gleichgewicht verliert.

In dem Moment, in dem mein Gefährte unter großer Anstrengung, durch seine Heiserkeit hindurch bekanntgibt, daß er der Meinung sei, es helfe ihm nichts, als daß er sofort von hier, von unserem Zeltplatz, abgeholt und nach Haus gebracht werde, verliere ich mein Gleichgewicht. Zwar äußerlich kann man das nicht sehen, aber innerlich kippt etwas aus mir heraus, und wo das vorher war, ist nun ein Hohlraum in meinem Innern, eine wüste Stelle, ein Nichts, das jedoch großen Raum beansprucht. Wenn man zuviel bekommen hat, mehr als man je wieder loswird, kann man sagen, es bleibe immer ein Rest, aber wenn man zuwenig bekommen hat, und von diesem zu wenigen mehr bleibt, als man je wieder loswerden kann, ist das schwer zu benennen. Jedenfalls holt seine Mutter, die beste Freundin meiner Mutter, uns noch am selben Tag nachmittags mit dem Auto ab, und während der ganzen Rückfahrt schläft der, den seine Mutter noch immer meinen Bruder nennt, auf den hinteren Sitzen, indes ich nach vorn blicke und damit zu tun habe, den Druck auszuhalten, der ja, je leerer ein Körper ist, desto stärker auf diesen ausgeübt wird. Selbst die Luft kommt einem dann schwer vor.

Im nachhinein erstaunt es mich nicht, daß ich nur ein, zwei Monate nach dem Abbruch dieser Reise davon erfuhr, daß der, den meine Mutter und ihre beste Freundin nach wie vor meinen Bruder nennen, zum ersten Mal eine Freundin hat. Im nachhinein kommt es mir beinahe so vor, als hätte ich ihn, wie auf unserem Spaziergang, so lange vor mir hergetrieben, bis sich in seinem Netz tatsächlich ein Schmetterling verfangen mußte. Aber zu der Zeit, als ich erfahre, daß der, den ich schon lange nicht mehr mit den Augen einer Schwester anzusehen vermag, sich mitsamt dieser Haut, die dunkler ist als meine, mit seinem Schlangenhaar und den schönen, herumschlenkernden Armen einfach an eine andere verschenkt hat, von mir wegverschenkt hat an eine, die sogar ein Jahr älter ist als er und als ich – da habe ich das Gefühl, daß sämtliche Kenntnisse, die ich mir im Laufe vieler Tage und Nächte über den von mir Geliebten angeeignet habe, von einem Augenblick auf den anderen falsch, wertlos und verloren sind. Ich sehe den schmalen Weg vor mir, der bei der Grenzstation um die Schranke herumgeführt hat, den festgetretenen Waldboden, auf dem wir stumm und bescheiden, Fuß vor Fuß setzend, in das andere Land hinübergegangen sind, und kenne den, den ich bisher immer sehr gut kannte, weil er beinahe mein Bruder war, nicht mehr wieder, weil jetzt aus ihm jemand geworden ist, der geradenwegs durch die Schranke bricht.

Mein Gefühl für ihn, das nun herrenlos geworden ist, macht in einer letzten Anstrengung von dem wüsten Fleck aus, auf dem es zuletzt Zuflucht gefunden hatte, einen großen Satz und springt, um nicht unterzugehen, auf eine benachbarte Scholle meiner brachliegenden Leidenschaft. Die, für die der von mir Geliebte sich entschieden hat, ist eine Schönheit, das kann ich nun sehen, sie hat glänzendes braunes Haar, dessen Flausen sie sich, wenn sie jemanden beim Sprechen anschaut, mit vorgeschobener Unterlippe aus dem Gesicht bläst. Ihre Augen werden ganz klein, wenn sie lacht, wie zwei Segel, die man zusammenfaltet, ihr Kinn dagegen ist gerundet und fängt die Formen ihres Gesichts sanft auf, ihr Mund, ihre Nase, ihre Stirn und ihr Haar, das sie lose aufgesteckt trägt, ruhen auf diesem Kinn wie auf einem kleinen samtenen Kissen. Die Kleidungsstücke, mit denen sie ihren Körper bedeckt, sind oft zerrissen oder zerlöchert, aber in einer Art, als sei diese Zerrissenheit nur dazu da, die Vollkommenheit ihres Körpers desto deutlicher zum Vorschein zu bringen, ein zerschlissenes Hemd entblößt ihre Schulter wie einen Mond, eine aufgeschlitzte Hose eröffnet in der Tiefe den Blick auf die glatte, bräunliche Haut ihres Oberschenkels, eine schon brüchig gewordene, lederne Jacke umhüllt wie ein Panzer ihren kostbaren Leib, um ihn vor der Unbill des großstädtischen Lebens zu schützen. In der Hofpause stellt sie sich mit ihren Füßen auf die Füße dessen, den ich liebe, umschlingt ihn mit den Armen, und legt den Kopf flach an seine Brust, um an seinem Herzen zu lauschen.

Wenn ich jetzt in der Wohnung der besten Freundin meiner Mutter bin, zu der meine Mutter mich manchmal hinüberschickt, um ein Buch oder Kartoffeln zu borgen, oder die Zeitungen der vergangenen Woche abzuholen, die ihre Freundin für sie aufhebt, ist die Zimmertür dessen, den ich liebe, nun immer geschlossen. Manchmal ist überhaupt kein Laut zu hören, aber manchmal dringt auch, mitten aus einer Stille heraus, plötzlich ein Lachen durch die Tür, oder ein Raunen wie von einem Gespräch, und dann bin ich mir sicher, daß der, den ich liebe, da ist, und seine Freundin ihn gerade besucht. Ich denke daran, wie ich in dem Zimmer, dessen Tür nun immer verschlossen ist, oft neben ihm am Schreibtisch gesessen und beobachtet habe, wie er mir, den Füller zwischen Ring- und Mittelfinger haltend, die Berechnungen, die meinen Verstand überstiegen, ins Heft geschrieben hat. Manchmal, wenn ich jetzt abends auf der Bettkante sitze und meine Socken ausziehe, muß ich weinen, manchmal weine ich auch morgens, wenn ich mein Gesicht abtrockne, ins Handtuch hinein. Dann wird mein Gesicht nässer statt trockener.

Sehr selten nur geschieht es während der ganzen Zeit, die bis zum Sommer vergeht, daß ich Gelegenheit habe, die Freundin dessen, den ich liebe, aus der Nähe zu sehen. Vielleicht zwei oder drei Mal gehen wir, das heißt seine Mutter und meine Mutter, er, sie und ich, in großer Runde ins Kino. Dann hält er seine Freundin bei der Hand, während wir alle vor dem Kino stehen, bevor die Vorstellung beginnt, aber er spricht nichts, weder zu ihr, noch zu uns, sondern steht nur und schaut auf die granitenen Platten hinunter, mit denen der Gehsteig bedeckt ist, vielleicht schiebt er einen Kiesel oder ein altes Bonbonpapier, das da herumliegt, oder einen zerknitterten, abgelaufenen Fahrschein mit der Fußspitze hin und her. Und obwohl ich dem Kiesel, dem Bonbonpapier oder dem Fahrschein nicht mit dem Blick folgen kann, weil ich die Freundin des von mir Geliebten anschauen will, wie sie als eine zur Familie Gehörige, sanft und höflich, mit der einen oder der anderen unserer Mütter spricht und, wenn die Mütter sprechen, zuhört und sich beim Zuhören die Flausen aus dem Gesicht bläst, bin ich mir doch der herumrutschenden Fußspitze und des Schweigens meines Geliebten bewußt, und finde sogar, daß dadurch, daß auch ich in dieser Runde nichts zu sagen weiß, eine gewisse Parallelität des Schweigens entsteht. Und obgleich ich annehmen muß, daß sich sein Schweigen immer noch, wie damals in den Ferien, gegen mich richtet, verbindet es uns auch gegen seinen Willen, wie ein stummes Stück Erde, auf dem zwei einander entgegengesetzte Parteien zum Kampf antreten, die Kämpfenden verbindet, und danach Schlachtfeld heißt, für immer vom Rest der Erde abgegrenzt.

Nichts ist selbstverständlicher, als daß meine Mutter und ich zu unserem Sommerfest seine Mutter und ihn und natürlich auch seine Freundin einladen, deren Name mit seinem Namen längst in einer geläufigen Formel verbunden ist. Das Sommerfest findet auf dem Land in unserem Garten statt. Viele Sommer habe ich mit ihm in diesem Garten verbracht, hier haben wir Bäume bestiegen und Schätze vergraben, wir sind auf dem See, an dessen Ufer der Garten liegt, Boot gefahren, und ebenso mühelos, wie unsere Ruder ins Wasser eintauchten, haben wir hier immer miteinander reden können. Überhaupt nur, weil wir innerhalb dieses Gartens immer so unzertrennlich schienen, als seien wir Bruder und Schwester, hatten unsere Mütter damals den Plan gefaßt, uns miteinander in die Ferien zu schicken. Ein ganzes Jahr ist inzwischen vergangen, ohne daß er hier war, und die Stachelbeeren, die Pflaumen und Äpfel sind schon wieder reif, all die Früchte, die wir sonst immer gemeinsam gepflückt haben, und die ich im letzten Sommer zum ersten Mal allein ernten mußte, weil er nach unserer verfrühten Rückkehr bei seiner Mutter in der Stadt geblieben war, um sich auszukurieren.

Komm, ich zeige dir den Garten, sage ich zu seiner Freundin, während er damit beschäftigt ist, ein Feuer anzuzünden. Und weil ich sonst nie etwas zu ihr gesagt habe, lächelt sie mich an, und ihre Augen werden dabei klein wie Segel, die man zusammenfaltet. Ich gehe voran und sie folgt mir. Ich führe sie zuerst zu den Stachelbeeren unten am Wasser, dort klaube ich einige Früchte vom Strauch und biete sie ihr an. Sie bedankt sich, sanft und höflich, nimmt einige und steckt sie sich in den Mund. Jetzt, als ich so nahe bei ihr stehe, sehe ich, daß sie ebenso feine Härchen auf ihren Wangen hat wie die Stachelbeeren. Dann führe ich sie auf der Wiese herum. Dort wachsen Pflaumen- und Apfelbäume, die sehr alt sind und schon ganz verkrüppelt aussehen, aber die Früchte, die sie tragen, sind jedes Jahr frisch und fleischig. Ich pflükke einige Pflaumen, biete sie ihr an und bleibe neben ihr stehen, bis sie die Pflaumen aufgegessen und die Kerne in den Garten gespuckt hat, dann reiße ich einen Apfel vom Baum, einen klaren Apfel, der dem Herbst vorausgeeilt ist, rot und weiß, so wie sie aussieht, der ich den Apfel anbiete. Ich sehe ihr dabei zu, wie sie in den Apfel hineinbeißt, mit ihren vollen roten Lippen in den Apfel hineinbeißt und ihn mir dann zurückreicht, damit auch ich abbeißen kann. Da, wo ich abbeiße, sind noch die Spuren ihrer Zähne zu sehen, die beiße ich weg. Ganz zum Schluß führe ich sie auf die schattige Seite des Gartens. Dort wachsen beim Zaun unauffällige Pflanzen, die jedoch von allen Pflanzen des Gartens den verführerischsten Namen tragen, *bella-donna* heißen sie, nach den schönen Frauen, denen sie, so heißt es, das Dunkle in den Augen weiten und sie dadurch noch schöner machen. Aus sternförmigen Kelchen strahlen uns die schwarzen, glänzenden Beeren entgegen, denen man ansieht, daß sie sehr saftig sein müssen. Ich weiß nicht genau, wieviel Beeren man essen muß, um das Dunkle in den Augen zu weiten, und wieviel, um die Augen für immer offen zu halten, so daß die Schönheit geradenwegs in die Unendlichkeit hinein verlängert wird, aber ich pflücke reichlich und lege die Beeren der Freundin dessen, den ich liebe, in die Hand. Ich sehe sie an und denke, daß ich schon ganz und gar vergiftet bin davon, daß ich sie immer nur anschauen kann bei dem, was sie tut, wenn überhaupt, sie und den, den ich liebe, und beide zusammengenommen. Daß ich immer nur sehen darf, und dieses Sehen mich schon ganz vergiftet hat.

Haare

Im Bauch meiner Mutter sind mir lange schwarze Haare gewachsen, die zu Berge stehen, als ich auf die Welt komme. Es ist Frühling, und die Welt ist sehr hell. Ein schwarzes Haar nach dem andern kapituliert, fällt aus, fliegt davon, und überläßt blonden Geschwistern die Nachfolge auf meinem Kopf.

Als ich drei Jahre alt bin, steckt mein Vater mir noch Zöpfe aus Gras an, aber bald kann man meine Haare schon in zwei Büscheln zusammenfassen. Rechts und links über den Ohren stehen diese Büschel in einem Bogen von mir ab, wie Wasser, das aus einem Rohr kommt, entspringen sie einem Zopfhalter, der aussieht wie eine Kreuzung aus Margaritenblüte und Kronkorken. Bis ich fünf Jahre alt bin, werden meine Haare also gewaschen, gebürstet und gebüschelt, manchmal sogar schon geflochten. Warum es meiner Mutter ausgerechnet am Vorabend eines ersten Mai einfallen muß, sie kurz zu schneiden, weiß inzwischen niemand mehr. Heraus zum ersten Mai! Im Radio spielen sie Blasmusik. Den abgeschnittenen Zopf steckt meine Mutter zur Erinnerung in ein durchsichtiges Etui. Ich muß heraus zur Maidemonstration, aber zu Hause liegen fünfzehn Zentimeter von mir im gläsernen Sarg! An diesem Morgen defilieren Tausende an meinem kurzgeschorenen Kopf vorüber, sie zeigen mir ihre Zähne, sie lachen, nein, sie lachen mich aus, die ganze Stadt beugt sich über mich und streicht mir über den Kopf und lacht mich aus, selbst die Fahnen lachen, sie neigen sich über mich und lassen in einzigartiger Bosheit ihr langes rotes Haar in Wellen auf mich herabfallen.

Von diesem ersten Mai an will ich mindestens so dikke Zöpfe haben wie meine Cousine Heike. An deren Zöpfe kann sich rechts und links je ein Kind anhängen, dann dreht sie sich, und die Kinder fliegen. Meine Cousine Heike ist ein Karussell, ich will auch ein Karussell werden. Zu dieser Zeit sind die Haarbürsten mit den vielen einzelnen Borsten aus Plaste noch nicht erfunden, und einige Jahre später, als sie im Westen schon erfunden sind, erfahren wir nichts davon. Mit einem Kamm dauert das Auskämmen nach dem Haarewaschen zwei Stunden. Zwei Stunden sitze ich auf einem Hocker im Bad, ein Handtuch um die Schultern, und halte meiner Mutter den nassen Kopf hin, während diese ihre schwere Maischuld abbüßt, mein Haar in Strähnen unterteilt und Strähne für Strähne entfilzt. Einmal pro Woche geben wir uns auf diese Weise der Wiederherstellung der Pracht hin, zum Glück ist zu dieser Zeit die tägliche Haarwäsche noch nicht erfunden, und als sie im Westen schon erfunden ist, erfahren wir nichts davon. Während eines knappen Jahrzehnts gehören nun zwei blonde Zöpfe zu mir, die in Schlangenlinien in der Luft herumfliegen, wenn ich auf dem Schulweg renne, weil ich schon wieder zu spät bin. Mit deren Enden ich die Schallplatten abputze, wenn ich den Lappen nicht finden kann. Aus denen ich im Sommer nach dem Baden das Wasser sauge. Ich knote die Zöpfe hinten ineinander, damit sie mir nicht über die frische Tinte wischen, klemme sie manchmal aus Versehen ein, wenn ich eine Tür zu schnell hinter mir zumache, und ich gehe mit diesen zwei Zöpfen zu meinem ersten Rendezvous. Der mir gefällt, trägt eine Lederjacke, die über und über mit Sicherheitsnadeln besteckt ist. Die Punks sind erfunden, aber ich habe nichts davon erfahren. Ich wickle mir die Quaste vom Zopf um den Zeigefinger und weiß nicht, was ich sagen soll. Der Punk ruft kein zweites Mal an, meine Haare geraten in Auflösung. Die Revolution auf meinem Kopf sieht nicht rot oder lila aus wie bei meinen Altersgenossinnen – mich emanzipiert sie zum Weihnachtsengel. Offene Haare! Was bisher Feiertagsfrisur war, erlaube ich mir jetzt für immer, natürlich muß ich nun selber kämmen. Und was bei Botticelli paradiesisch aussieht, verklemmt sich unter den Riemen meines Schulranzens, lädt sich elektrisch auf, wenn ich einen Pullover über den Kopf ziehe, verzwirbelt sich in unruhigen Nächten zu einem Filz. Für fünf selige Minuten im Fahrtwind hinten auf einem Moped reiße ich mir hinterher eine halbe Stunde am Schopf herum, und die ganz und gar unauflösbaren winzigen Knoten schneide ich schließlich nach klassischem Vorbild einfach ab. Einmal werde ich im Sommerurlaub ohnmächtig, als ich bei über dreißig Grad mit schiefem Kopf und einem wie der Hebel einer Maschine auf- und abfahrenden Arm an der allmorgendlichen Herrichtung meiner Frisur arbeite. Hin und wieder verwünsche ich diese Haare inbrünstig, aber so inbrünstig, wie man nur Dinge verwünscht, auf die man sich verlassen kann. Keinen Moment lang vergesse ich, daß meine Haare ein Schatz sind, in dem meine ganze Lebenszeit aufbewahrt ist, und bin geradezu besessen von der Idee, daß jemand sie mir im Schlaf abschneiden könnte. In blutigen Phantasien male ich mir aus, wie ich den Schändling martern würde.

Als ich sechzehn bin, verfängt sich der erste Mann in meinem Haar, und da, wie es scheint, haben die Fangschnüre ihren Zweck endlich erfüllt. Es wandelt mich eine Lust an, die ich bis dahin nicht kannte: diesen Flachs, der mir als Mädchen gewachsen ist, von mir zu trennen. Zum ersten Mal in meinem Leben gehe ich zu einem Friseur, der Friseur schneidet über einen halben Meter ab, das Haar fällt zu Boden, der Friseur kehrt es zusammen und wirft es in den Mülleimer. Als ich mit meinem Freund in den Herbstferien nach Hiddensee übersetze, bläst mir der Wind um den Kopf. Es gibt aber nichts mehr, das sich verwirren könnte.

a ist gleich v durch t

Wenn meine Kugel beim Herabrollen niemals gemäß dem Gesetz über die Beschleunigung auf einer geneigten Ebene beschleunigt wird, wenn die Abweichung von dem Ergebnis, das herauskommen müßte, ungefähr einhundertundsiebzig Prozent beträgt, sagt mein Vater: Das ist ja gerade das Schöne an der Physik, daß sie mit Wirklichkeit zu tun hat. Ich kann die Physik nur verstehen, solange ein Liter Milch in einer Milchpackung ist, aber schon beim Sinken, Schweben und Fallen höre ich auf, sie zu verstehen. Die Mathematik verstehe ich, wie mit Harken kämme ich mit den Formeln die Zahlen durch, bis sie glänzen, am Ende schreibe ich eine umgelegte Acht, dann ist selbst das Unendliche noch eingemeindet. Ja, sagt mein Vater, aber die Mathematik sei eben von der Wirklichkeit gereinigt. An der Physik hingegen könne man, wenn man wolle, sehen, daß nicht alles berechenbar ist, was vorkommt. Der Dreckfaktor, sagt er, das sei das eigentlich Interessante. Der Dreckfaktor, der Dreckfaktor. Was soll ich ins Protokoll schreiben?, frage ich. Das Protokoll muß ich morgen in der Schule abgeben. Was soll ich mit den einhundertundsiebzig Prozent machen?, frage ich. Laß sie stehen, sagt mein Vater und blickt mich erwartungsvoll an, als müsse ich diesem Blick Folge leisten, als müsse ich mich verwandeln. In was? Ich kenne diesen Blick an ihm, aber nie kann ich erkennen, in was ich mich verwandeln soll, nie kann ich in solchen Momenten die richtige Antwort geben, die Antwort, die er von mir erwartet. Ich kann sie nicht stehenlassen, sage ich, und gehe zurück in mein Zimmer. Dort setze ich mich vor mein Heft und erfinde eine erträgliche, glaubhafte Abweichung von der Wirklichkeit, zwischen zwei und zweieinhalb Prozent.

Ich habe blonde Zöpfe, vierzig Zentimeter lang. Wenn meine Mutter fortfährt, muß mein Vater mir die Zöpfe flechten. Dann zerteilt er mit seinen riesigen Händen mein Haar in zwei Hälften, der Scheitel zwischen den Hälften ist immer schief, dann jede Hälfte in drei Strähnen, er legt die Strähnen sorgsam auf meinen Schultern, meinem Rücken aus, damit sie sich nicht verwirren, dann windet er sie drei und drei ineinander, aber weil seine Fingerkuppen so groß und so stumpf sind, werden die Zöpfe, die er flicht, immer bucklig. Wenn meine Mutter fortfährt, nimmt mich mein Vater zum Boxen mit. Da kann ich sehen, wie er auf einer Plattform herumspringt, als sei ihm der Boden unter den Füßen zu heiß, wie er federnd springt und den Blick dabei auf eine lederne Birne richtet, die vor ihm baumelt, wie dann seine Faust zu der Birne hinzuckt, um sie zu treffen. Den Schlag selbst kann ich nie sehen, weil er zu schnell ist, aber ich sehe, wie das Ding, das wie eine Frucht aussieht, nur größer und härter, nach dem Schlag aus der Bahn taumelt, sehe, wie mein Vater gleich darauf sein Gesicht wieder hinter den Fäusten verbirgt und in Deckung geht. Manchmal hat er mich hochgehoben, damit ich es selbst versuchen kann, dann habe ich die Fäuste nach vorn gestreckt, bis meine Knöchel die lederne Haut berührten, aber die Frucht wurde durch diese Berührung nicht vom Platz geschleudert, sie begann allenfalls, sich leise um ihre eigene Achse zu drehen, wie ein Kreisel.

Mein Vater ist so groß, daß mir unsere Wohnung, wenn er darin umhergeht, wie eine Puppenstube vorkommt, in der er sich verklemmen könnte. Tritt er durch die Tür in ein Zimmer ein, muß er den Kopf einziehen, damit er sich nicht stößt. Wendet er sich in der Küche nur einmal um, fällt schon irgend etwas, das auslaufen, zersplittern, in Scherben gehen kann, zu Boden, und läuft aus, zersplittert, geht in Scherben. Will er sich auf einen der spinnenfüßigen Stühle setzen, kann meine Mutter ihn mit hocherhobenen Händen, herbeieilend, gerade noch zum Ohrensessel umlenken, dem einzigen unserer Sitzmöbel, dessen Beine nicht wackeln, dem einzigen, das dem Gewicht eines Mannes standhält. Als ich noch klein war, hat mein Vater Versuche unternommen, die Wohnung in Einklang mit sich zu bringen, hat versucht, Regale anzuschrauben, um das Geschirr zweckmäßig einordnen zu können, wollte die Stuhlbeine befestigen und den Tisch mit einer Plastefolie abdecken, damit man krümeln und verschütten kann. Einige dieser Unternehmungen widersprachen, wie meine Mutter meinte, den Gesetzen der Schönheit, andere zogen aufgrund der körperlichen Kraft, die meinem Vater zu eigen war, statt Verbesserungen Zerstörung nach sich, und wurden deshalb untersagt.

Mein Vater schaut immer viel in die Luft, ins Nichts hinein. Jeden Tag nach dem Mittagessen legt er sich auf das Biedermeiersofa, das seinen Körper auf ein biedermeierliches Format zusammenzwängt, und ißt einen Apfel, er beißt in den Apfel hinein, daß es nur so kracht, verschlingt ihn ganz und gar, bis nur noch der Stiel übrig ist, dann kaut er eine Zeitlang auf dem Stiel herum und schaut in die Luft, ins Nichts, ins Narrenkästchen, und irgendwann spuckt er den Stiel dem Blick hinterher. Dort, wo mein Vater das Nichts sieht, steht in Wirklichkeit ein Sessel, oder ein Tischchen, und am Boden unter dem Nichts liegt der Teppich. Die Stiele der Äpfel fallen auf den Sessel, das Tischchen, den Teppich, dort vertrocknen sie, und irgendwann sammelt meine Mutter sie auf. Wenn mein Vater ins Leere blickt, weiß ich, daß er etwas sieht, das meine Mutter und ich nicht sehen können.

Ich möchte sehen, was mein Vater sieht, wenn er ins Leere blickt. Wenn wir am Sonntag im Wald spazierengehen, packe ich die Bäume beim Hals und ziehe mich hinauf, ich will oben sein, von wo aus ich alles sehen kann. Mit allen Gliedmaßen umklammere ich die Äste, meine Finger werden schmierig und grün, aber ich steige. Je höher ich komme, desto mehr Blätter sind da, desto undurchsichtiger wird der Wald. Mich einmal fallen lassen, denke ich eines Tages, von ganz hoch oben, und sehen, ob dann mehr zu sehen ist. Und öffne meine grünen Krallen und lasse mich fallen. Falle von hoch oben, hart auf die Erde. Falle so schnell, daß die Luft mir nicht folgen kann. Liege auf dem Rücken, ohne Atem, ganz flach. Bin aus dem Puppenstubenformat hinausgestürzt und endlich in das Bild hineingefallen, auf das mein Vater seinen Blick richtet.

Mein Körper ist bei dem Fall, wie alle Körper, nach dem Gesetz der Beschleunigung beim freien Fall beschleunigt worden, aber das erwähnt mein Vater nicht, als er mich klopft und schüttelt, damit ich wieder Luft bekomme. Diesmal scheint er sehr glücklich darüber, daß ich mich nicht verwandelt habe, sondern so lebendig geblieben bin, wie ich vor dem Fall war. So erleichtert wie an diesem Tag, als er mich beklopft, habe ich ihn noch nie gesehen. Erleichtert darüber, daß es ist, wie es ist. Diesen Blick, mit dem er mich manchmal zu verwandeln versucht hat, und mit dem ich ihn immer allein zurücklassen mußte, weil ich nie wußte, in was ich mich verwandeln soll, diesen Blick richtet er von dem Sturz an nicht mehr auf mich. Es kommt mir so vor, als habe er in seinem

Kopf Verbesserungen vorgenommen, um diesen in Einklang mit sich zu bringen. Worin jedoch diese Verbesserungen bestehen, ob sie den Gesetzen der Schönheit entsprechen oder Zerstörung anrichten, kann ich nicht sehen.

In den Jahren, die vergehen, bis ich mit meinem Studium anfange, rutschen wir drei enger zusammen, wie Splitter in einem Kaleidoskop, die im Zentrum des Gehäuses so gespiegelt werden, daß sie trotz ihrer Verschiedenheit immer symmetrische Konstellationen ergeben. Eine bestimmte Art von Streiten, die es zwischen meinen Eltern gegeben hatte, und die darin bestand, daß meine Mutter Dinge durch die Luft warf, indes mein Vater immer nur schwieg und wegsah, so als suche er nach einem Ausgang nicht nur aus dem jeweiligen Streit, sondern überhaupt aus dem Leben mit meiner Mutter, erlöschen nach und nach, und meine Mutter kann endlich davon ablassen, Dinge durch die Luft zu werfen, um ihrer Verzweiflung darüber, daß sie nicht erkennen kann, was sich hinter dem Schweigen meines Vaters verbirgt, Ausdruck zu verleihen. Das aber, was all den Verzweiflungen meiner Mutter zugrunde gelegen hatte, ohne daß sie hätte sagen können, was es eigentlich war, gerät in Vergessenheit, noch bevor es einen Namen bekommen hat.

Als meine Mutter mir die Kontoauszüge meines Vaters unter die Nase hält und ihn ein Schwein nennt, bin ich Mitte Zwanzig. Meine Mutter deutet auf eine Summe, die jeden Monat vom Konto meines Vaters abgegangen ist, alle Monate dieses Jahres, und alle Monate des vorigen Jahres, und alle Monate aller Jahre, beinahe so lange, wie meine Eltern sich kennen. Meine Mutter nennt meinen Vater ein Schwein und fängt an zu weinen. Mir fällt das Schwein ein, von dem in der Zeitung zu lesen war. Das Schwein war als kleines Ferkel auf dem Markt in ein offenstehendes Gulliloch hineingefallen, irgend jemand hatte das Loch, ohne das Ferkel zu bemerken, zugedeckelt. Das Schwein hatte sich von da an von den Abfällen des Marktes ernährt, die zu ihm hinuntergespült wurden, es war gewachsen und hatte sich der runden Form des Rohres, in dem es steckte, ganz und gar angepaßt. Als man es Monate später fand, war es eine riesige, weiße, gefräßige Masse geworden, und weil kein Licht zu ihm hatte dringen können, war das Schwein blind.

Ich weine nicht, ich staune. Die Abweichung der Wirklichkeit von dem, was meine Mutter und ich ermessen konnten, ist in diesem Fall nicht in Prozent anzugeben. Aber mir erscheint, was meiner Mutter wie Unsauberkeit vorkommt, und wessentwegen sie meinen Vater einen Dreckskerl nennt, während sie weiter weint und weint, weder als Lüge, noch als etwas, das meinem Vater persönlich zuzuordnen wäre, sondern als etwas viel Allgemeineres, das sich uns alle, nicht nur meinen Vater, sondern ebenso meine

Mutter und mich und auch diesen Sohn meines Vaters, von dem wir nun wissen, längst einverleibt hat. Als habe man sie jetzt aufgeschlitzt, fällt in den dunklen Bauch der Wahrheit plötzlich Licht, so daß die Bewohner einander endlich erkennen können. Deshalb auch erscheint mir, was meine Mutter eine menschliche Bankrotterklärung nennt, nur als fällige Offenbarung eines Bestandes, und insofern durchaus als etwas Vollkommenes. Jetzt erinnere ich mich daran, mit welchem Respekt, welcher Sehnsucht, mein Vater, der Dreckskerl, damals von dem gesprochen hat, was er den Dreckfaktor nannte. Was meine Mutter in diesem Moment so sehr beunruhigt, daß sie weinen muß, ist nichts anderes als dieser Dreckfaktor, der sich dadurch, daß er die Gestalt meines Bruders angenommen hat, als Teil unseres Lebens erweist.

Plötzlich weiß ich, in was ich mich hatte verwandeln sollen, wenn mein Vater mich damals, als ich noch ein Kind war, so angesehen hat. Jetzt weiß ich, in wessen Besitz all das sein muß, was ich damals nicht verstehen konnte und auch nicht zu lernen vermochte. Es muß mein Bruder sein, der von Beruf Physiker geworden ist, wie mein Vater, dessen bin ich mir sicher, und der eine lederne Birne zielsicher zu treffen vermag, so daß sie zu taumeln beginnt. Mein Bruder muß das schwarze, lockige Haar meines Vaters geerbt haben, auch die Kraft meines Vaters und mit ihr die liebenswerte Befähigung, Mißgeschicke hervorzurufen. Dieser Augenblick, in dem mir bewußt wird, daß ich zeit meines Lebens nur die Hälfte von etwas gewesen bin, erlöst mich von der Last all der Niederlagen, die ich erlitt, wenn ich werden wollte, was ich nicht werden konnte, nun darf ich die Fäuste sinken lassen und dem Ring den Rücken wenden. In der Gemeinschaft mit meinem Bruder wird die Verwandlung, die mein Vater von mir erwartet hat, aufgehoben sein, und, dessen bin ich mir gewiß, auch die verloren geglaubten Eigenschaften, all die Unterweisungen, für die ich kein Ohr hatte, sind andernorts aufgefangen und bewahrt worden. Es hat ja ein Wesen geben müssen, das uns aus diesem spitzwinkligen Spiegelkabinett herausführt, denke ich jetzt, Abbild meines Vaters, wie ich Abbild meiner Mutter bin, einen vierten Punkt, wie er aus einem nassen Bündel ein Tuch macht, das im Sonnenschein auf der Wiese zum Trocknen ausgebreitet wird.

Der Sohn meines Vaters, mein Bruder, gibt mir zur Begrüßung die Hand, die Hand huscht schmal und scheu in die meine hinein, und verharrt einen schlaffen Moment lang im Warmen, bevor ich loslasse. Mein Bruder bietet mir einen Stuhl an, und geht dann in die Küche, um Kaffee aufzusetzen. Ich blicke mich in dem Zimmer, in dem mein Bruder wohnt, um. Das Zimmer ist aufgeräumt, und es steht alles darin, was man zum Leben braucht. Ein Schrank, ein Bett, ein Tisch mit zwei Stühlen und ein Regal. Im Regal sind nebeneinander verschiedene Dinge aufgereiht, Geschenke offenbar oder Mitbringsel, die meinen Bruder an Reisen oder Ereignisse erinnern sollen, die ihm lieb waren. Das erste, was mir in die Augen fällt, ist die Miniatur eines Adlerkopfs, der Adler reißt den Schnabel zum Schrei weit auf, er ist braun angestrichen und auf ein Podestchen aus Kiefernholz aufgeschraubt. Gleich neben dem Adlerkopf steht ein Gnom im Regal, ein Gnom mit langer roter Nase und Schlapphut, und neben dem Gnom wiederum steht eine Flasche echten russischen Wodkas. Ein Fach tiefer sehe ich neben einem Stapel von Autozeitschriften eine winzigkleine Staffelei, auf der ein dementsprechend noch winzigeres Bild des Kolosseums von Rom aufgestellt ist, und neben der Staffelei findet sich eine weitere Flasche, Bacardi-Rum. Neben der Flasche eine große Büchse dänisches Bier und das Modell einer Rakete mit der Aufschrift »Red Mill MFG«. Ich trete näher, um an den Besitztümern meines Bruders zu riechen. Ich nehme den Bacardi-Rum und öffne die Flasche. Der Rum riecht nicht nach Rum. Ich nehme den Wodka, öffne und rieche. Der Wodka riecht nicht nach Wodka. Ich stecke den Finger hinein und koste. Die durchsichtige Flüssigkeit in der Flasche ist Wasser. Als ich mich wieder setze, entdecke ich auf dem Tisch, versteckt hinter einem weihnachtlich geschmückten Tannenstrauß, ein Bärchen aus Porzellan, das in Wahrheit ein Bilderrahmen ist und das Foto eines kleinen Kindes umrahmt – das Kind ist offenbar gerade dabei, laufen zu lernen, es fuchtelt mit seinen Ärmchen in der Luft herum wie ein Schiffbrüchiger. Das bin ich, sagt der Sohn meines Vaters, mein Bruder, als er jetzt mit dem Kaffee wieder hereinkommt. Er schenkt mir ein, und der Griff der Kanne bricht nicht ab.

Auf diesen Menschen also hat mein Vater über mich hinweg seinen Blick gerichtet, solange ich klein war, diesen Blick, von dem ich immer geglaubt hatte, er ginge ins Leere. Indem ich größer wurde, ist meinem Vater die Aussicht wohl nach und nach zugewachsen – anfangs habe ich vielleicht nur einen kleinen Schatten auf meinen Bruder geworfen, einen Schatten, der meine Form, in Schwarz verwandelt, auf ihn abgebildet hat, aber dann, als ich größer wurde, muß dieser Schatten ihn mehr und mehr verdunkelt haben, bis meinem Bruder der Blick meines Vaters schließlich hinter mir völlig untergegangen war, und nichts mehr da war, um die ungeheure Weite, die zwischen Vater und Sohn lag, zu bescheinen. In diesem Dunkel müssen die Stürme angefangen haben, in denen all das zerschellt ist, was meinem Bruder schließlich vor die Füße gespuckt wurde, all dieses Strandgut, das er jetzt in seiner Einzimmerwohnung im Regal aufbewahrt: Zeugnisse einer zwergenhaften Fremde und den Müll der abgesoffenen Mannschaft, wie diese Flaschen, die nur mit Wasser vollgelaufen sind, und nicht einmal eine Nachricht enthalten. Der Sohn meines Vaters ist Bankkaufmann, unverheiratet. Obgleich ein halbes Jahr jünger als ich, hat er schon jetzt eine Stelle auf dem Kopf, an der sein Haar dünn wird, er hat kleine Füße, und die Schuhe für diese Füße stehen, zwei Paar, neben der Eingangstür, kleine braune und schwarze Schuhe mit Schnürsenkeln.

Mein Vater hat mit meiner Mutter viele Reisen unternommen, darunter viele sehr weite Reisen, bis hin zu anderen Kontinenten. Meine Mutter konnte sich aber nie erklären, was meinen Vater dazu trieb, immer nur Gegenden aufzusuchen, wo es staubig war oder kalt, wo es von glitschigen, haarigen oder bissigen Tieren nur so wimmelte, oder man um den Preis einer Aussicht keine Luft mehr bekam. Und weil meine Mutter in ihrem Urlaub viel lieber in Städte gefahren wäre, in denen man Kirchen oder Museen hätte besichtigen und abends schön essen gehen können, wie sie sagte, oder an einen Badestrand, oder wenigstens an einen See, und sie nicht verstand, was meinen Vater Jahr für Jahr in diese unwirtlichen Landstriche zog, fragte sie ihn oft, was er denn da verloren habe, aber mein Vater konnte es ihr selbst nicht erklären und ließ Jahr für Jahr diese Frage unbeantwortet. Heute vermute ich, daß er die Frage eben deshalb nicht beantworten konnte, weil seine Reisen offenbar gar nicht der Suche nach etwas, das er verloren hatte, galten, sondern ganz im Gegenteil dem Verlieren. Wenn eine Kugel eine geneigte Ebene hinabrollt, wird sie zwar durch die Neigung beschleunigt, gleichzeitig aber verliert sie durch den Reibungswiderstand, den der Untergrund ihr entgegensetzt, an

Kraft, und wenn das Material, auf dem sie sich bewegt, rauh genug ist, kann es sein, daß sie all ihre Kraft unterwegs einbüßt, und so schließlich zum Stehen kommt. Jedenfalls weiß ich von meinem Bruder, der in derselben Stadt, nur wenige Straßen von uns entfernt, aufgewachsen ist, daß mein Vater zwar regelmäßig den Unterhalt für ihn überwiesen, ihn aber niemals besucht hat.

Seit meine Mutter verlangt hat, daß er auszieht, lebt mein Vater allein in einer weitgehend leeren Einzimmerwohnung. Er hat nur die Dinge von zu Haus mitgenommen, die er unmittelbar für seine Arbeit und zum Leben braucht. Ich sehe einen Schrank, ein Bett, ein Bücherregal, zwei Stühle und einen Schreibtisch. Mein Vater geht in die Küche, um Kaffee aufzusetzen. Auf dem einzigen Foto, das er von zu Hause mitgenommen und auf dem Tisch aufgestellt hat, sieht man ihn, wie er vor einem Meer steht. Es ist aber kein südliches Meer, wie meine Mutter es sich für unsere Urlaube gewünscht hätte, es ist auch kein belebter Strand rings um meinen Vater, und mein Vater steht nicht in einer Badehose da, etwa mit einem großen Fisch in der Hand, wie andere Väter. Das Meer auf diesem Foto ist vielmehr eine winterlich graue Masse, der Strand verwahrlost, voller Abfälle, und mein Vater hat der Kamera den Rücken zugewandt. In einer dicken Winterjacke steht er da und fuchtelt im Angesicht des Ozeans mit den Armen herum. Ich erinnere mich noch an seine Erklärungen über die Küste, an der das Foto aufgenommen wurde. Hier, hatte er gesagt, indem er am Strand hin- und hergelaufen war, auf das Meer gezeigt und herumgefuchtelt hatte, hier ist vor Jahrmillionen die Erde auseinandergebrochen, es sind Schollen entstanden, und diese Schollen sind auseinandergedriftet. Das sogenannte Meer, hatte mein Vater gerufen, ist nichts anderes als Wasser, das sich da breitmacht, wo die Risse zwischen den Schollen tief genug sind.

Es war das erste Mal, daß ich diesem sogenannten Meer gegenüberstand, und die Gewalt, mit der es sich breitgemacht hatte, beunruhigte mich. Ich hätte gern gewußt, wie die Fische das Gewicht dieser ungeheuren Menge Wassers, die über ihnen stand, aushalten konnten.

Frisch und g'sund

Gleich, wenn man in die Kirche hineinkommt, im Vorraum rechts, neben der Tafel mit den Namen der Gefallenen aus dem Ersten Weltkrieg, sieht man die vielen Krücken der Geheilten, auch künstliche Beine, die an die Wand gehängt sind oder einfach nur angelehnt da stehen. Der gegeißelte Christus, nach dem die Kirche benannt ist, habe die Heilung vollbracht, an die die überflüssig gewordenen Behelfe erinnern sollen, heißt es, und obwohl diese Behelfe – manche der Prothesen sind nur Stöcke, auf die Gurte aus Stoff aufgenagelt sind, andere wieder haben erstaunliche hölzerne Gelenke, wie sie heute niemand mehr zu bauen vermöchte –, obwohl also diese Behelfe allesamt sehr altertümlich aussehen und im Laufe mehrerer Renovierungen längst verstaubt sind, pilgern noch heute die Leute aus der Umgegend zu der Kirche, um durch die Anbetung der verstaubten Reliquien ihrer Hoffnung auf den Fortbestand der Wunder Ausdruck zu verleihen.

Die Kainbacher Maria hat sich von einer anderen Frau aus dem Dorf im Auto mitnehmen lassen, die beiden wollen in der Kirche Kerzen anzünden, die Frau aus dem Dorf für ihren verstorbenen Mann, und die Kainbacher Maria für ihren Sohn, der heute vor fünfzig Jahren auf die Welt gekommen ist. Hier in der Gegend nennen die Leute diesen Tag den Tag der unschuldigen Kindlein, und es ist Sitte, daß die Kinder mit einem Reisigbündel von Haus zu Haus gehen, die Erwachsenen mit dem Reisig berühren und ihnen *frisch und g 'sund* für das neue Jahr wünschen. *Frisch und g'sund, frisch und g'sund, lang leben, gesund bleiben!* Nachdem die beiden Frauen ihre Kerzen angezündet und vor dem Altar aufgestellt haben, wenden sie sich zum Gehen, sie lassen die Krücken hinter sich und treten ins Freie. Sie möchte zu Fuß zurück nach Haus, sagt die Kainbacher Maria, als sie auf dem Vorplatz stehen, und schüttelt nur lächelnd den Kopf, als die andere Frau ihr widerspricht und sagt, das sei unmöglich, das könne sie nicht zulassen, das sei viel zu weit, und die Kainbacher Maria daran erinnert, wie ihr erst neulich, beim Begräbnis der Milli, schwindlig geworden und sie hingefallen sei. Die Kainbacher Maria lächelt nur und bedankt sich und hebt jetzt die Hand zum Abschied, da weiß die andere nicht mehr, was sie sagen soll, sie schaut auf dieses fünffingrige Gebilde aus Haut und Knochen, das da in der Luft steht, und schüttelt mißbilligend den Kopf, das ist nicht richtig, daß ich dich gehen lasse, sagt sie, aber dann fällt ihr nichts mehr ein, was sie sagen könnte. Sie hebt also auch kurz die Hand und steigt dann allein in ihr Auto, sie startet, und läßt das

Auto ganz langsam vom verschneiten Kirchplatz fortrollen, ganz weich, beinahe ohne ein Geräusch zu machen, und während sie sich entfernt, beobachtet sie noch im Rückspiegel, wie die Kainbacher Maria sich umdreht und beginnt, einen Fuß vor den anderen zu setzen.

Die Kainbacher Maria hat nicht gesagt, daß sie noch einen Besuch machen will, bevor sie nach Hause zurückgeht. In der Kirche, beim Anstecken der Kerze für ihren Sohn, hatte sie plötzlich das Bedürfnis verspürt, diese Freundin wiederzusehen, mit der sie einmal gemeinsam in einem Krankenzimmer gelegen hat. Aus dieser Gegend sei sie, hatte die Freundin erzählt, und daher beginnt jetzt die Alte, um die Kirche herum von Haus zu Haus zu gehen, an jede Tür klopft sie und fragt, wenn ihr geöffnet wird, nach dieser Freundin. Sie sagt etwa: Wissen Sie, ich suche die Gertrud, es kann sein, daß die geheiratet hat, aber sie hieß früher Möstl. Ja, die Möstls wohnen dort unten, aber ob eine Gertrud da wohnt, könnt' ich nicht sagen, gibt einer zur Antwort. Ein anderer wieder sagt: Ja, eine Gertrud, die kenne ich, aber die wohnt nicht mehr hier, und ob die vor ihrer Heirat Möstl geheißen hat, bin ich nicht sicher. Ein dritter sagt: Es gibt eine, die da unten gewohnt hat, sie ist aber heraufgezogen, und es kann sein, daß die mit Vornamen Gertrud heißt.

Aber doch gibt sich nach und nach, ohne daß man erklären könnte, worin eigentlich die Verständigung besteht, durch die Antworten all dieser Fremden hindurch, die gar nicht genau wissen, nach wem die Kainbacher Maria fragt, durch diese sich teils sogar widersprechenden Auskünfte hindurch der Weg zu erkennen, den die alte Frau gehen muß, um zu ihrer Freundin zu gelangen. Dieser Weg schlängelt sich zwischen den Häusern aufs freie Feld hinaus, er ist leicht abschüssig und mit Steinen und Scherben befestigt, die unter der dünnen Schneedecke rutschig geworden sind. Die alte Frau ist im vergangenen Jahr einige Male ausgeglitten, gestolpert oder hingefallen, zuletzt beim Begräbnis der Milli, aber nie ist ihr irgendein Knochen entzweigegangen, sie weiß daher, daß ihr Gebein haltbarer ist als das anderer Leute, und es erstaunt sie auch nicht, daß ein Körper im Alter der Erde zustrebt, in der er bald begraben sein wird. So geht sie auf diesem abschüssigen und glatten Weg ohne Angst, bis sie zum Schweinestall kommt, den ihr die Leute, die sie um Auskunft gefragt hat, beschrieben haben. In dem großen weißen Haus schräg gegenüber vom Schweinestall wohne die Gertrud, die früher, vor ihrer Heirat, Möstl geheißen hat. Diese Auskunft hatten alle die verschiedenen, sich teils sogar widersprechenden Antworten zusammengenommen ergeben.

Als ihre Freundin ihr auftut, beginnt die Kainbacher Maria zu lächeln, aber die Freundin lächelt nicht, sondern grüßt nur und scheint nicht zu wissen, wer da vor ihrer Tür steht. Da bückt die Maria sich, hebt ein Reis vom Boden auf, und beginnt zum Scherz, mit dem Reis in der Hand den Takt schlagend, den Vers aufzusagen, den an diesem Tag immer die Kinder den Erwachsenen hersagen: *Frisch und g'sund, frisch und g'sund, lang leben, g'sund bleiben!* Sie rührt mit dem Reis an die Hüfte der Freundin, wie es hier Sitte ist an diesem Tag, der der Tag der unschuldigen Kindlein heißt, als könne sie so vielleicht die Erinnerung wekken, die in ihrer Freundin offenbar eingeschlafen ist. Sie selbst erinnert sich noch gut daran, wieviel sie mit dieser Freundin gelacht hat, als sie zusammen im Krankenzimmer lagen. Aber die Freundin erinnert sich nicht an das Lachen im Krankenzimmer, und lacht daher auch jetzt nicht.

Die Frau, die geöffnet hat, weiß nicht, wer die dürre Alte ist, die ihr, als sei sie nicht mehr bei Trost, mit brüchiger Stimme diesen Vers hersagt, den sonst nur die Kinder hersagen, und ihr dann im Scherz mit dem Reis auf die Hüfte klopft, sie weiß nicht, wer diese Besucherin ist, die immerfort lächelt, weiter dasteht und lächelt, auch nachdem sie mit dem Vers fertig geworden ist, und nun darauf zu warten scheint, daß sie, die Gertrud, sie angemessen begrüße. Erinnerst du dich nicht, fragt schließlich die Kainbacher Maria, als sie merkt, daß die andere nicht weiß, was sie sagen soll. Erinnerst du dich nicht, wie wir damals zusammen im Krankenzimmer gelegen sind? Soso, denkt die Gertrud, aber sie erinnert sich nicht. Vor sieben Jahren der Schlaganfall. Dann die Magenoperation. Letztes Jahr das künstliche Hüftgelenk. Sie erinnert sich an all die Krankenzimmer, in denen sie gelegen hat, erinnert sich auch an diese oder jene Frau, die neben ihr gelegen und mit der sie gemeinsam über die Gebrechen des Alters geklagt hat. Aber an diese Frau, die da vor ihr steht, erinnert sie sich nicht. Ja, Gertrud, sagt die Frau und schüttelt verwundert den Kopf, weißt du denn nicht? Aber die Gertrud weiß überhaupt nicht, und wundert sich nur darüber, daß eine, die sie nicht kennt, sie nun auch noch beim Namen ruft.

Weißt du nicht, wie ich damals den Luis bekommen habe, meinen Sohn, und du deinen Franz? Die Gertrud weiß, daß sie vor fünfzig Jahren ihren Ältesten geboren hat, der Franz heißt, dem jetzt der Schweinestall auf der anderen Seite des Weges gehört, der verheiratet ist und sich vor einem halben Jahr beim Holzschneiden einen Finger abgesägt hat, Franz ist Obmann beim Ortsverein der Eisschützen und geht jeden Samstag nach dem Spiel beim Kreuzwirt ein Bier trinken. Es gibt Franz, ihren Sohn, das weiß sie, die Gertrud, aber wer die Frau vor der Tür ist, weiß sie noch immer nicht. Dennoch tritt sie jetzt einen Schritt zurück, vielleicht nur aus Neugier, und lädt auf diese Weise die Fremde ein, ihr Haus zu betreten.

Die Kainbacher Maria sitzt nun in der Küche dieser Bäuerin, die ihre geblümte Kittelschürze mächtig ausfüllt, und ihre Haare nicht wie die Kainbacher Maria in einem Knoten klein und flach am Hinterkopf versteckt, sondern modisch geschnitten, gefärbt und auftoupiert trägt. Ihre Beine sind dennoch genauso von blauen Adern gezeichnet wie die Beine der Kainbacher Maria, und sind in sich gebogen, beinahe eingeknickt, von dem schweren Gewicht, das nun schon ein ganzes Leben lang auf ihnen lastet. Die Bäuerin stellt einen Apfelsaft auf den Tisch und eine Schale mit Weihnachtsgebäck, zwei Gläser, zwei Teller, dann setzt sie sich und will zuhören. Aber die Kainbacher Maria fragt nur. Sie fragt, wie es der Schwester der Gertrud gehe, ob sie denn noch lebe, die Elfi, die damals als erste zu Besuch ins Krankenhaus gekommen sei, noch vor dem Vater des Neugeborenen, die einen Blumenstrauß gebracht und sich so mit ihrer Schwester gefreut habe, daß das Kind gesund war. Sie fragt auch nach dem Karl, dem Mann der Gertrud, ob er denn noch lebe, der damals das Kind so ungeschickt gehalten habe und so schweigsam gewesen sei, sie fragt, ob sie denn noch mehr Kinder geboren hätte – ja, zwei, sagt die Gertrud, und verstummt gleich wieder –, und ob es ihr bei den anderen Geburten besser gegangen sei, als bei dieser Geburt des Franz, als sie so geschrien habe vor Schmerzen, und es vierzehn Stunden gedauert habe, indes ihrer, der Luis, schon längst auf der Welt war, ob sie noch wisse, wie dann der Arzt gekommen sei und gesagt habe, man müsse das Kind herausschneiden, und sie das nicht gewollt und dann schließlich den Franz doch so geboren habe. Ob sie noch wisse, wie die Schwester ihnen einmal die Kinder vertauscht und jeder das Kind der anderen an die Brust gelegt habe, und sie erst beim Stillen darauf gekommen sei, weil der Luis, der nie hatte trinken wollen, plötzlich so gesoffen hätte, eben weil es der Franz war. Wie sie da gelacht hätten, und wie sie überhaupt so viel gelacht hätten, ob sie das noch wisse? Sie, die Kainbacher Maria, könne sich an kaum jemanden erinnern, der so gern gelacht hätte wie sie, die Gertrud, ihre Freundin, mit der sie vor fünfzig Jahren bei der Geburt ihres Sohnes gemeinsam im Krankenzimmer lag.

Plötzlich sieht die Gertrud, wie ihre Küche sich bevölkert, sie sieht die Elfi, ihre Schwester, wie sie am Spültisch steht und Wasser in eine Vase laufen läßt, um einen riesigen Blumenstrauß einzufrischen, sieht ihren Mann, wie er vor einem Glas Bier am Tisch sitzt, neben der Kainbacher Maria, den Karl, wie er in das Glas schaut und schweigt, und jetzt tritt noch der Franz ein, ganz klein ist er, ein Kind noch, und holt sich Messer und Brett aus der Lade, sagt, er wolle sich nur ein Stück Wurst herunterschneiden, aber die Gertrud sieht, daß die Wurst sein eigener linker Daumen ist, sieht, wie er sich, bevor sie ihn zurückrufen kann, seinen Daumen abschneidet, den er für ein Stück Wurst gehalten hat, nur kann er ihr nicht die

Schuld dafür geben, sie hat ihn, den Franz, vollständig zur Welt gebracht, zwei Daumen hat er gehabt, als er geboren wurde, fünfzig Jahre zuvor. Die Gertrud sieht alle und alles, sie hält die Luft an und schaut, läßt nichts aus, bis die Erinnerung ihr jetzt vollständig in den Schoß fällt, so vollständig, wie es der Franz bei seiner Geburt war, und dann beginnt sie, wieder zu atmen.

Die Gertrud erinnert sich jetzt an das junge Gesicht dieser alten Frau, die ihr erschienen ist, und ihr wird klar, daß ein ganzes Stück ihrer Lebenszeit, das sie selbst so gründlich vergessen hatte, daß sie dieses Vergessen nicht einmal bedauern konnte, in dieser Frau aufbewahrt worden ist wie ein Kuchen in einer dunklen und kühlen Speisekammer. Wie eine Blinde mußte sie sich von der Kainbacher Maria in diese lang zurückliegende Zeit ihres eigenen Lebens hineinführen lassen, aber jetzt beginnt sie zu antworten. Von diesem Anfang an, den ihr die Kainbacher Maria wiedergeschenkt hat, erzählt sie nun all die Geschichten zu Ende, erzählt von Enkeln und Urenkeln, Cousins und Cousinen, Hochzeiten und Taufen, von Begräbnissen, Krankheiten und Reisen. Hin und wieder geht sie an eine der Schubladen, um zwischen Lottoscheinen und Schießgummis, zwischen Holzlöffeln und fleckigen Zetteln, auf denen sie sich Rezepte notiert hat, die Fotos hervorzuziehen, die zu den Geschichten gehören. Dann beugen sich die Gertrud, die noch bei der Geburt ihres Ältesten Möstl geheißen und erst danach, mit dem Säugling auf dem Arm, geheiratet hat, und ihre Freundin Maria, die nach fünfzig Jahren am Tag der unschuldigen Kindlein zu Besuch gekommen ist, um *frisch und g'sund* zu wünschen, über die Bilder und versichern sich der Namen, der Ähnlichkeiten der Familienmitglieder untereinander und der Geschehnisse.

Und weil beide Geschlechter, das der Möstls und auch das der Auers, in welches die Gertrud eingeheiratet hat, sehr fruchtbar waren, und viele Nachkommen hervorgebracht haben, und infolgedessen über die Jahre hinweg zahlreiche Taufen, Geburtstage, Hochzeiten, aber auch Begräbnisse zu begehen waren, deren fotografische Dokumentation nun der Erklärung bedarf, fällt es der Gertrud erst sehr spät, als es draußen schon dunkel geworden ist, ein, nach dem Luis zu fragen, dem Sohn ihrer Freundin, den diese vor fünfzig Jahren auf die Welt gebracht hat, und der dadurch, ohne daß er es damals auch nur hätte ahnen können, die Leben der beiden Frauen bis auf den heutigen Tag miteinander verknüpft.

Erschossen hat er sich halt, sagt da die Maria.

Sibirien

Mein Vater sagt, an den Haaren habe seine Mutter damals ihre Widersacherin aus dem Haus geschleift. Habe sie an den schwarzen Haaren gepackt, im Flur ein- oder zweimal herumgeschleudert und dann aus dem Haus geworfen. Keine Chance hätte sein Vater, mein Großvater, damals gehabt. Und es sei auch die Freundin des Vaters nicht halb so beeindruckend gewesen wie die Frau, mit der sein Vater verheiratet war. Großartig, sagt mein Vater, sei seine Mutter gewesen. Das müsse ich mir einmal vorstellen, sagt er, daß sie Sibirien überlebt habe. Sibirien! Daß sie all das überlebt habe, woran die meisten gestorben seien: vier Wochen im Waggon, Wasser aus Pfützen trinken, schlafen auf Toten, dreizehn Vergewaltigungen, die Kälte, die Arbeit und kaum zu essen, zweimal Typhus, in einen verfaulten Hering habe sie beißen müssen, das Salz das einzige Mittel gegen das Sterben, und dann zurück, unter dem Namen einer Toten zurück nach Deutschland, eingeschleust in einen Krankentransport, kahlgeschoren und grindig heimwärts, statt einer, die schon gestorben war. Ganz klar, sagt mein Vater, daß es für jemanden wie seine

Mutter gar keine Diskussion geben konnte über die Frau, die sie an ihrem Platz vorfand, als sie heimkam. An den Haaren habe sie die Freundin des Vaters gepackt, du Ungeziefer, du Laus habe sie gerufen, hast dich hier eingenistet, und dann sie herumgewirbelt an den Haaren, zweimal herumgewirbelt durch den Flur, so daß die andere gegen die Wand stieß, und der Jesus, der an der Wand angebracht war, hinterher schief hing.

Und nach all dem, sagt mein Vater, nach all dem: Nicht ein schlechtes Wort gegen die Russen. Das müsse ich mir einmal vorstellen. Kein einziges Wort gegen die Russen. Die Gefangenen hätten zu essen bekommen, wenig, und Suppe nur, dünne Suppe, aber zu essen, habe sie immer gesagt – die Familien der Sieger jedoch hatten in ihrem eigenen Land gar nichts zu essen. Die Kinder ihrer Bewacher seien gestorben, sie aber habe überlebt, seien die Worte seiner Mutter gewesen, sagt mein Vater.

Was das für ein Auftritt war, könne ich mir nicht vorstellen. Kahlköpfig auf einem Tankwagen sei sie dahergeritten gekommen, wie eine aus dem wilden Heer, aus der Nacht herübergeprescht gen Mittag – seine Mutter: rittlings auf einem Milchtank, ein Bein rechts, ein Bein links, hoch oben, und das Gesicht zerschrammt von den Ästen der Brandenburger Alleen. In sein Leben sei sie hineingerutscht von diesem Milchtank herunter, und er habe sie in dem Moment noch gar nicht erkannt, sagt mein Vater, habe gar nicht gewußt, daß ihm überhaupt eine fehlt, eine Mutter, weil er drei Jahre ohne ausgekommen war. Aber beeindruckt sei er gewesen, habe im Hof dagestanden und sei beeindruckt gewesen. Eine Erscheinung, sagt er. Meine Mutter – eine Erscheinung. Seinen Namen habe sie gerufen, habe den Namen noch gewußt, und gewußt, daß er es war, sei vom Tank auf die Erde gerutscht, mit beiden Füßen auf die Erde, habe sich vor ihn hingehockt in den Sand und seinen Namen gesagt und wieder gesagt. Aber er habe die Frau nicht gekannt, habe nicht gewußt, daß das seine Mutter war, habe vergessen gehabt, was überhaupt eine Mutter ist. Deshalb sei er stumm geblieben, doch sie habe ihn umarmt, habe ihn mit ihren gewaltigen Armen eingeschlossen und nach Vanille gerochen, obwohl sie ganz schmutzig war, nach Vanille. Dann sei sie aufgestanden und schnell über die kleine Treppe hinaufgelaufen, geradenwegs in das Haus, in den Flur, und vom Flur auf die Schwelle zur Küche. In der Küche saßen die beiden. Nichts Besonderes, sagt mein Vater, sie haben gegessen, es war ja Mittag.

Obwohl sie so viel durchgemacht hatte, sei seine Mutter mit großer Kraft heimgekehrt. Sie habe die Kraft wahrscheinlich gebraucht, um sich vom Krieg abzustoßen. Vielleicht war, daß es weiterging, genau das Problem, daß sie wußte, was hätte verloren sein können, und es war aber nicht verloren, sondern war noch da. Inzwischen glaube ich, sagt mein Vater, daß die Kraft nur der Größe ihrer Anstrengung entsprochen hat. Ja, sagt er, es müsse für seine Mutter eine Anstrengung gewesen sein, das Leben zu schätzen, nur weil sie es hatte behalten dürfen, und wieder da anzufangen, wo sie aufgehört hatte, als sei sie noch diejenige, die drei Jahre zuvor nach Sibirien geschafft worden sei. Es muß eine Anstrengung gewesen sein, zu versuchen, wieder die Frau zu werden, die sie drei Jahre zuvor gewesen war. Deshalb wahrscheinlich sei sie mit solcher Gewalt aufgetreten, weil sie selber nicht wußte, ob es noch möglich sei, den Erdrutsch aufzufangen, der ihr Leben verrückt hatte.

Wild sei seine Mutter gewesen, bei Gott, eine Wilde. Nie werde ich das vergessen, sagt er, wie sie die andere erst ohne ein Wort bei den Schultern gepackt und geschüttelt und nur den Blick in sie hineingebohrt hat, weil ihre Wut sich derart hinter den Zähnen staute, daß kein einzelnes Wort herausfahren konnte. Und wie dann die Worte plötzlich herausgesprungen sind und sie die Frau geohrfeigt und dabei gerufen hat: Du Hure, du feige Hure, was machst du in meinem Haus, und die Frau bei den Haaren gepackt und aus der Küche bis in den Flur gezogen und herumgewirbelt hat, sie als Ungeziefer, als Laus tituliert und schließlich zur Tür hinaus und die Treppe hinuntergeworfen. Die kleine Treppe, sagt mein Vater, an der jetzt das Geländer so verrostet ist, daß es bald abfallen wird. An dem Geländer habe sich die Frau damals festzuhalten versucht, sagt er, das sei ihr jedoch nicht geglückt, weil seine Mutter ihr einen solchen Schwung mit auf den Weg gegeben hatte. Das sei ein Gegensatz gewesen, sagt mein Vater, einerseits diese Stimme, diese großartige Stimme seiner Mutter, und andererseits nur Geräusche. Kein Wort hat die sich zu sagen getraut, sagt mein Vater, kein Wort.

Unscheinbar sei sie gewesen, die Freundin seines Vaters, keine Schönheit, und gesprochen hätte sie nie viel, nicht einmal in der Zeit, als sie bei ihnen wohnte, bevor die Mutter aus Sibirien zurückkam. Hätte sich nicht getraut, mit ihm, dem Sohn, zu reden, hätte gekocht oder aufgeräumt, aber nichts gesagt. Deine Schattenmorelle, habe seine Mutter sie im nachhinein seinem Vater gegenüber immer genannt, aber sein Vater habe, wenn sie das sagte, geschwiegen. Schön war meine Mutter immer, sagt mein Vater. Das kannst du auf den Fotos sehen. Vor der Gefangenschaft sei ihr Gesicht rund und glänzend gewesen wie ein Apfel, blank irgendwie, viel gesundes Fleisch hinter der Haut und alles fest. In der Gefangenschaft aber sei sie so durchscheinend geworden, wie man es auf den späteren Fotos sieht, und das gefiele ihm, wenn er jetzt die Fotos vergleiche, noch besser. Das Innere sei mehr zum Vorschein gekommen, das Fleisch hinter der Haut sei weniger geworden, aber das Innere mehr. Wenn du dir vorstellen kannst, was ich meine. Sie sah aus, sagt mein Vater, als ob alles, was sie erlebt hat, ihre Haut dünner gemacht hätte, ihre Oberfläche abgewetzt und das, was dahinter war, zum Vorschein gebracht. Er erinnere sich noch gut daran, wie er sich als Kind, wenn sie ihm Geschichten erzählte, immer vorstellte, er könne durch ihre Haut hindurch all das sehen, was sie erlebt hat. Sibirien sei ein schönes Land, habe sie zum Beispiel wieder und wieder gesagt, und dann habe er Sibirien durch sie hindurch deutlich sehen können: kalt, weit und großartig, Wald, der sich hinter den Wangen der Mutter auftat und kein Ende hatte, menschenlose riesige Wildnis, viel Wasser. Im Frühling habe es immer sehr lange gedauert, bis der Boden aufgetaut sei, aber gute Erde sei es gewesen, fruchtbarer Boden, habe sie immer wieder gesagt, und viel Platz dort, alles weit. Wenn sie nicht hätte zurückmüssen zu ihrer Familie, wäre sie gern dort geblieben, habe sie manchmal gesagt.

Wenn sie nicht zu uns zurückgekommen wäre, dann wäre sie gar nicht zurückgekommen, sagt mein Vater. Wir sind ihr Ziel gewesen, und deshalb war klar, daß sie, als sie am Ziel war, ankommen mußte. Körperlich sei sie viel schwächer gewesen als die Freundin des Vaters, aber es habe eben für sie keine andere Möglichkeit gegeben, als ihr Leben wieder in Besitz zu nehmen. Das glaubt man nicht, sagt mein Vater, wenn man es nicht mit eigenen Augen gesehen hat, wieviel Kraft ein Mensch aufbringt, nur um das, was war, wieder in die Gegenwart zu ziehen. Geohrfeigt habe sie die andere in der Küche, als könne sie so die Vergangenheit, die ihr abgesoffen war, wiederbeleben. Mit ein paar kräftigen Ohrfeigen wachmachen und zum Leben zurückbringen. Das sei etwas gewesen, das er nie mehr hätte vergessen können, sagt mein Vater: wie einfach und klar seine Mutter reagiert hat. Einfach den Leib der anderen mit ihrem Leib hinauszuschieben, das eine Fleisch einfach durch das andere zu ersetzen, einfach an die Stelle, an der sie deren Körper vorfand, ihren Körper zu stellen. Im nachhinein habe er noch oft daran denken müssen, wie sie, als die andere weg war, das Essen, das die für seinen Vater zubereitet hatte, vom Tisch genommen und in den Abfall gekippt hat. Zwiebeln habe sie genommen und Kartoffeln und Fett, und neu angefangen zu kochen. Sein Vater habe geschwiegen.

Er habe, nachdem seine Frau aus Sibirien heimgekehrt war, kaum noch Möglichkeiten gehabt, seine Freundin zu sehen, und habe daher begonnen, ihr Briefe zu schreiben. Ich bin ihm nachgegangen, sagt mein Vater, ich habe gesehen, wie er die Briefe im Mauerschlitz eines Hauses versteckte, wo die sie später herausfischte. Seine Schattenmorelle, sagt mein Vater. Briefe aus dem Schatten zu fischen, das habe zu ihr gepaßt. Damit habe die sich zufriedengegeben, sagt er. Nicht das Format, das seine Mutter hatte. Feige sei die gewesen, kein einziges Mal mehr habe die sich zum Haus hingetraut. Ohne zu kämpfen, habe die den Kampf aufgegeben. Sein Vater habe schon gewußt, warum er die Briefe in Kurzschrift verfaßte, denn wären sie lesbar gewesen, hätte er, der Sohn, sie sicher gelesen und seiner Mutter gesagt, was drin stand. Bis heute wisse er nicht und könne sich auch nicht vorstellen, was sein Vater ausgerechnet dieser Frau so dringend zu schreiben hatte, die nicht einmal willens war, um ihn zu kämpfen. Einmal die Treppe hinuntergeworfen und schon aufgegeben. Einige Dinge ließen sich nun einmal nicht anders auskämpfen als mit dem Körper, dazu gehöre an erster Stelle die Liebe, das habe er von seiner Mutter gelernt. Er glaube, daß sein Vater im Grunde damals schon eingesehen habe, daß seine eigene Frau viel beeindruckender war als diese Freundin. Sonst hätte er doch etwas unternommen, sagt mein Vater. Im Grunde sei sein Vater froh gewesen, daß die Mutter heimgekehrt war. Selbst mit dem einen Bein wäre es doch sonst ein leichtes für ihn gewesen, Partei für seine Freundin zu ergreifen, etwas zu unternehmen. Oder. Selbst mit dem einen Bein sei er ja noch immer viel stärker gewesen als seine Frau. Aber er habe nicht kämpfen wollen, das war es, sagt mein Vater. Weil er fand, daß es sich nicht lohne. Deshalb. Nur in dem einen trüben Punkt seien die beiden sich einig gewesen, in ihrer Feigheit. Ein Rätsel sei es ihm, dem Sohn, schon damals gewesen, was sein Vater in die Briefe hineinschrieb, und sei es ihm bis auf den heutigen Tag. Bis heute könne er sich nicht vorstellen, was es denn war, das sein Vater mit der Mutter nicht hätte besprechen können. Er selbst nämlich habe sehr gern seine Mutter um Rat gefragt. Lebenserfahrung, sagt er, hätte seine Mutter gehabt wie sonst niemand. Ist ja klar, sagt er, nach all der Zeit.

Sein Vater hätte damals nie mit ihm geredet, aber seit einiger Zeit käme er, als wenn nichts wäre, zum Traum hereinspaziert. Erst letzte Nacht, sagt er, habe sein Vater ihn bei der Hand genommen und sei mit ihm in einem Boot auf einen See hinausgefahren. Aber der See sei, während der Vater ruderte, immer größer geworden, bis das Ufer nicht mehr zu sehen war, so groß wie ein Meer. Und dort, mitten auf dem Meer, habe der Vater versucht, mit ihm zu sprechen. Er, der Sohn, habe jedoch nichts hören können, weil ein starker Wind dem Vater alle Worte vom Mund riß und über das Wasser hinweg in alle Himmelsrichtungen spuckte. Er habe gesehen, wie die Worte des Vaters durch fremde Fenster hinein- und zu fremden Türen hinausfuhren, Staub über Straßen jagten und Bäume bis aufs Gerippe entblößten, wie sie geatmet wurden und blähten, sich auf den Zungen des Wassers ausruhten und wieder davonflogen, eine Fahrt ohne Ende. Irgendwann habe der Vater geschwiegen, da sei das Wehen zur Ruhe gekommen, und das Wasser habe nur noch leise ans Boot geschlagen, und schließlich sei ganz und gar Stille eingetreten, eine Stille, weiß wie ein Blatt Papier, und auf diesem Blatt Papier könne er noch jetzt den Satz lesen, den sein Vater in die geträumte Stille hinein sagte: Die Wahrheit, habe der Vater gesagt, sei aus anderem Stoff als ein Schweinebraten. In dem Augenblick habe er, der Sohn, bemerkt, daß das Boot im Wasser festgefroren war, und sein Vater und er mußten aussteigen und zu Fuß über das Eis nach Hause zurückgehen. Seit heute morgen nun würde er die Vorstellung nicht mehr los, daß die Wahrheit ein Wind sei, der auf irgendeinem Meer bis in alle Ewigkeit dieses Boot schaukelt, das sich, als es wieder wärmer wurde, gelöst hat und davongetrieben ist. Unwirtlich seien seine Träume geworden, seit ihn sein Vater im Schlaf besucht, sagt mein Vater.

Meine Mutter war klug, sagt mein Vater. Sibirien sei ein schönes Land, habe sie oft gesagt, und so sei bis auf den heutigen Tag in seinen Augen Sibirien ein schönes Land. Es sei fruchtbar, guter Boden für Weizen, so gut, daß man nicht einmal düngen müßte. Zweimal im Jahr könne man ernten, dort in Sibirien, wenn man nicht faul sei. Der Boden gäbe das her. Seine Mutter, sagt mein Vater, habe die Augen auf die Schönheit gerichtet, und das sei eine Fähigkeit, um die er sie beneide. Es habe sie einfach nicht interessiert, ob der Vater die Verbindung zu seiner Geliebten weiter aufrechterhielt. Nachdem sie diese Geliebte aus der Küche herausgezogen, aus ihrem Haus gestoßen und die Treppe hinuntergeworfen hatte, war das einfach nicht mehr interessant für sie. Wie ein gestohlenes Kleid habe sie der anderen ihren Anspruch vom Leib gerissen, habe ihr die Wünsche wie eine Haut über den Kopf gezogen und ihr dann einen Tritt versetzt – aber damit, sagt mein Vater, war es für sie auch erledigt. Sie sei nicht im mindesten nachtragend gewesen, sagt mein Vater, und habe es auch gar nicht nötig gehabt. Alles, was recht oder unrecht war, habe sie nun einmal scharf angeleuchtet, das sei ihre Natur gewesen, es sei einfach ein gleißendes Licht von ihrem Verstand ausgegangen – und dadurch habe sie, ohne daß sie noch hätte einen Gedanken daran verschwenden müssen, andererseits eben harte Schatten geworfen. Seine Mutter sei klug gewesen, sagt mein Vater. Sie habe sicher gewußt, daß alles, was einmal in diesen Schatten fiel, blind blieb.

Er, der Sohn, habe damals nicht anders können, als seinen Vater zu beobachten. Ihm sei dieser nach der Wiederkehr der Mutter vorgekommen wie einer, auf den man geschossen hat, der aber nicht tot umfällt. Der Vergleich sei nicht gut, sagt mein Vater, denn im Grunde sei es genau umgekehrt gewesen: Seine Mutter sei mit einem ungeheuren Willen zum Leben aus ihrer Gefangenschaft zurückgekommen, der Vater aber habe dem Leben nichts mehr abgewinnen können. Nachdem sein Bein weg und er vom Krieg beurlaubt war, habe er ohnedies nur noch wenig gesprochen, nach der Rückkehr seiner Frau aber sei er praktisch verstummt. Wie ein Geist sei sein Vater ihm zu der Zeit erschienen, wie einer, in den man hineingreifen kann wie in Luft. Ohne auf Fleisch zu stoßen, ohne auf irgend etwas zu stoßen, das einem Widerstand entgegensetzt. Unheimlich sei das gewesen, sagt mein Vater. Er erinnere sich noch gut daran, wie er geradezu davon besessen gewesen sei, seinen Vater zu beobachten, um das herauszufinden, von dem er damals nicht wußte und bis auf den heutigen

Tag nicht weiß, was es war. Eine wahre Beobachtungswut sei über ihn gekommen. Wut, sagt er, sei wahrscheinlich für das, was damals seine Hauptbeschäftigung war, das richtige Wort. Verschwendung habe man durch den Krieg hassen gelernt. Und es sei Verschwendung gewesen, sagt er, daß seine Mutter zu diesem Mann zurückkam – aus Sibirien – zu diesem Mann. Alles, was ihm an seiner Mutter so gefiel, sei vom Vater geschluckt worden, der ganze Vater sei ihm vorgekommen wie ein einziges, tiefes, schweigsames Loch, eine Müllgrube. Das habe ihn, den Sohn, damals wütend gemacht: zu sehen, wie dieser Mann alles, was seine Frau ihm schenkte, durch sein Schweigen in Müll verwandelte.

Oft habe er den Vater beobachtet, wie er im Schuppen saß, ganz still saß er da zwischen dem Brennholz, hielt einen Brief in der Hand und las. Geantwortet habe sie ihm ja auf seine Briefe, die Schattenmorelle, sagt mein Vater. Aber sonst nichts. Gekämpft nicht. Nur geschrieben. Ganz still habe der Vater dagesessen, die Antwort gelesen und dabei getrunken. Die Schnapsflasche zwischen die Scheite geklemmt und ein Gläschen neben sich auf dem Hackklotz. Das kleine mit dem hellblauen Streifen. Bis zu dem Streifen habe er sich immer eingeschenkt, nie drüber, und immer getrunken, während er las, aber keines der Gläschen war voller als bis zu dem hellblauen Streifen. Letztendlich, sagt mein Vater, sei diese Freundin schuld daran, daß sein Vater so früh sterben mußte.

Da in dem Holzschuppen, beim Lesen ihrer Briefe, habe er angefangen zu saufen, zwar immer nur gläschenweise zu saufen, aber zu saufen. Es war nicht das Bein, sagt mein Vater. Wenn man so eine Frau hat wie meine Mutter, sagt er, braucht man sich keine Sorgen darüber zu machen, daß man auf einem Bein durch die Welt geht. Nein, das Bein war es nicht, sagt mein Vater. Es waren diese verflixten Briefe.

Dann sei es schlimm geworden, sagt er. Sein Vater sei eines Abends so betrunken gewesen, daß er in den Spiegel hineinfiel, in den großen Spiegel, der damals im Flur hing, gegenüber vom Jesus. Das Gesicht und den Arm habe er sich dabei aufgeschnitten, und alles sei voller Blut gewesen. Die Mutter und er hätten den Vater auf einen Schlitten gelegt und ihn so die ganze Nacht hindurch hinter sich hergezogen, bis in die Stadt, wo das Krankenhaus war. Seine Mutter habe immer getan, was notwendig war, aber über all das kein Wort verloren. Eine starke Frau war sie, sagt er. Meine Mutter, sagt er, hat gut gerochen, selbst wenn sie schmutzig war, ich konnte sie anfassen, und wenn sie wütend war, hat sie geschrien. Eine leidenschaftliche Frau, sagt er, während sein Vater allem, was schwer war, immer nur aus dem Weg gegangen sei. Nach dem Krieg jedenfalls. Wie der Vater vor dem Krieg gewesen sei, daran habe er keine Erinnerung. Er wolle ihm nicht unrecht tun, aber nach dem Krieg jedenfalls sei sein Vater nur noch müde gewesen, und nichts mehr sonst. Im Grunde hätte ihm damals nichts Besseres passieren können, als daß seine Frau zurückkam und die Erziehung des Sohnes wieder übernahm. Nicht einmal dazu sei sein Vater in der Lage gewesen: sein eigenes Kind zu bändigen, ihn, meinen Vater, der damals noch klein war. Er nicht, und seine Freundin schon gar nicht. Eines Tages zum Beispiel habe mein Vater, um seinen kindlichen Willen durchzusetzen, laut schreiend ein Glas zerschlagen, habe die Splitter in die Hand genommen und damit gedroht, sie zu schlucken. Sein Vater aber habe nur kurz zu ihm aufgesehen und nur einen einzigen Satz gesagt, und nach dem Satz weiter an einem Wasserrohr herumgeschraubt. Der Krieg ist aus, habe er gesagt, und dann in aller Ruhe weitergearbeitet, habe sein Kind mit den Splittern in der Hand neben sich stehenlassen, und sich nicht weiter darum gekümmert, was passiert. Von ganz anderem Format sei die Mutter gewesen. In diesem ersten Moment, als er sah, wie diese Frau die Freundin des Vaters packte, wie sie das, was ihr nicht paßte, beim Schopf nahm, von Wand zu Wand wirbelte und hinausstieß, in dem Moment habe er wiedererkannt, wie er selbst war, sagt mein Vater. Ohne zu wissen, daß diese Frau seine Mutter war, ohne überhaupt zu wissen, was eine Mutter ist, habe er sie dennoch wiedererkannt. Sie hat mir in den Knochen gesteckt, meine Mutter, sagt er.

Seine Mutter habe ja auch einiges durchgemacht im Krieg, aber sie habe das Leben geliebt, habe es vielleicht durch den Krieg mehr geliebt als zuvor. Durch die vielen Toten, die sie gesehen hatte, sei sie dem Leben verfallen. Von seinem Vater aber glaube er inzwischen, daß er zu denen gehört haben muß, die durch den Krieg auf die Seite des Sterbens hinübergewechselt sind, obgleich sie den Krieg überlebten. Er sei, als er aus dem Krieg zurückkam, wie vom Tod befallen gewesen, so, als umschließe seine Haut nicht wie bei anderen das, was lebendig ist, sondern helfe ihm im Gegenteil, sich vom Lebendigen abzugrenzen. Er erinnere sich noch, wie der Vater immer die Hand wegzog, wenn die Mutter ihn anfassen wollte. Der Vater sei überhaupt nur noch auf dem Rückzug gewesen, als wäre das seine Krankheit. Bis zum letzten Atemzug habe er der Mutter die Hand weggezogen.

Die Frau aber habe von dem Tage an, als er bettlägerig wurde, auf der anderen Straßenseite gestanden. Sie habe offenbar gewußt, daß sein Vater im Sterben lag, sei aber niemals näher gekommen. Er erinnere sich daran, wie er, noch ein Kind zu der Zeit, sie durch die Gardinen des Krankenzimmers hindurch beobachtete. In einem bunt bedruckten Kleid stand sie da und sah zu unserem Haus herüber. Sein Vater sei zu dieser Zeit schon nicht mehr ganz klar gewesen. Er sei mit dem Finger über die Bettdecke gefahren, als suche er einen Punkt auf einer Landkarte, und habe immer wieder gesagt, dahin wolle er noch einmal fahren. Die Stimme des Vaters im Rücken und die Frau mit dem bedruckten Kleid vor Augen, habe sich beides in ihm, dem Sohn, zu der Vorstellung verbunden, daß die Krankheit seines Vaters eine Reise sei, zu der die Frau, die draußen stand, die Landkarte auf dem Kleid trug. Rückzug sei dafür womöglich gar nicht das richtige Wort, sagt mein Vater.

Mein Vater und ich sitzen im Flur, unter dem Jesus, und alles, was in den Schränken war, liegt rings um uns auf dem Boden verstreut. Wir sitzen inmitten von Kleidern und Wäsche, Schachteln und Mappen, Büchern, Blumenvasen und altem Geschirr. Wir blättern und öffnen, legen beiseite, nehmen, falten auseinander und legen beiseite, zeigen, zerknüllen, zerreißen, und legen beiseite. Alles ist staubig. Die Gummibänder, mit denen meine Großmutter ihre Fotos zusammengebündelt hat, sind so trocken, daß sie brechen, wenn wir die Bilder zur Hand nehmen. Kartons sind unter ihrem eigenen Gewicht zerdrückt, den Kästchen fehlen die Schlüssel, Mäntel sind von Motten zerfressen, Koffer stinken, wenn wir sie aufmachen, die Bettwäsche ist gebügelt. Komisch, sagt mein Vater, daß seine Mutter den Haushalt so weitergeführt habe, wie zu Lebzeiten seines Vaters. Sein Leben in ihrs eingefroren. Und jetzt fault alles auf einmal, sagt er.

Blättern und öffnen, legen beiseite, nehmen, falten auseinander, legen beiseite, zeigen, zerknüllen, zerreißen, legen beiseite.

Ich habe Angst, sagt mein Vater, daß ich die Briefe finde.

Wenig Zeit

Die Balkons waren schon ganz mürbe, man konnte die Ziegel sehen. Jetzt sind sie abgebrochen worden. Einmal soll einer ein Schwein gehalten haben auf so einem Balkon. Die Steine haben es nicht mehr tragen können, da ist der Balkon abgefallen und hat jemanden erschlagen. Nur die blaßfarbigen Innenwände sind übriggeblieben.

Der Hof war einmal bepflanzt, jetzt aber ist er verwahrlost, überwuchert von ungebändigtem Gestrüpp, die Erde quillt über den Rand der Beete. Will man ins Hinterhaus, schlagen einem die trockenen Zweige ins Gesicht.

Links am Hof ist die Rückseite einer Schlosserei, zwei staubige Fenster. Man sieht die Schemen der Arbeiter dahinter, am deutlichsten vor Sonnenaufgang, wenn in der Werkstatt schon Licht ist. Einmal hat einer der Arbeiter in den Hof zu blicken versucht, in die Dunkelheit hinein, gerade als ich früh aus dem Haus ging. Er hat geschaut, wie ich mir mit den Armen den Weg durch das Gestrüpp bahnte, er hat sich gereckt und den Kopf gewiegt im Rhythmus der metallenen Schläge, deren Klang noch durch die Mauer hindurch den Hof eisern färbte. Ich konnte mir sein Gesicht nicht merken. Es war ein sehr kalter Morgen.

Meine Wohnung liegt im Hinterhaus zu ebener Erde. Vor mir haben ein Mann und eine Frau darin gelebt. Die Frau hat den Mann verlassen. Der Mann hat sich darin zu Tode getrunken. Zwei Wochen brannte das Licht, dann haben sie ihn gefunden und weggebracht. Dann bin ich eingezogen.

Ich stelle mich oft in den Schatten meines Zimmers und beobachte, was draußen auf dem Zugang vorfällt. Es ist der hintere Zugang zur Schlosserei. Am besten gefallen mir die Lieferanten. Sie tragen hellglänzende Halme auf ihren Schultern. Zuerst höre ich ein gewaltiges Klingen, das unerklärlich wäre, dann erscheinen vor meinem Fenster die wippenden Metalle, Vorboten eines paradiesischen Untiers, sie laufen auf der Schulter des Mannes zusammen, er muß sie mit beiden Händen gebündelt halten und beugt sich unter seiner Last, dann gleitet alles vorüber. Solcherart sind die Prozessionen, die mir dargebracht werden.

Eine Frau lebt noch in dem Haus außer mir. Ihr gehört eine Katze, die hat nur noch einen halben Schwanz und streicht vor dem Haus umher, damit man ihr Brocken zuwirft.

Ich war in der Stadt. Nachdem alles erledigt war, bin ich die Stufen hinabgegangen und in den Regen getreten. Die Straße war menschenleer. Es war niemand zu sehen, niemand. Ich hatte keinen Schirm. Der Regen rann mir in die Schuhe. Ich fiel hin. Ich lag da und sah zu, wie das Wasser in ein Gitter floß, und eine tote Ratte lag davor, sie teilte den Fluß, das Wasser hatte ihr Haar strähnig gemacht. Sie paßte nicht durch das Gitter. Es kam keiner, der mir aufhelfen wollte. Dann bin ich nach Hause gegangen.

Die Frau stand auf dem Hof. Es sah so aus, als versuchte sie, ihre Katze fortzutreiben. Die Katze schrie. Sie hing an der einen Hand der Frau festgekrallt, und schrie. Die Frau wollte sie mit der anderen Hand wegreißen, sie hätte aber ihren eigenen Arm mit herausreißen müssen, um sie abzubekommen. Die Frau und die Katze sahen mich an, als ich vorbeiging. Ein Moment Stille, vier grüne Augen. An den Händen hatte ich Lehm, noch von der Straße. Ich schloß die Tür hinter mir. Ich wischte Hände und Gesicht mit einer Zeitung ab. In der Zeitung stand, daß es morgen auch wieder regnen soll.

Ich sitze. Ich stehe auf und gehe umher. Ich setze mich wieder. Es ist nichts da, das mich erschrecken könnte. Ich schaue mich um. Es klopft. Die Frau ist vor der Tür. Ich sage: Kommen Sie doch herein. Sie sieht vor sich hin und kommt mir nach. Sie bleibt im Gang vor dem Spiegel stehen und blickt hinein. Sie beginnt, an ihrem Haar zu zupfen. Sie trägt es hochgesteckt, aber einzelne Strähnen hängen an den Seiten heraus. Das Haar hat eine Farbe wie ein Metall. Dann wendet sie sich um, nickt mir zu und betritt das Zimmer.

Wir sitzen. Einmal schaue ich an ihrem Kleid hinunter, da sehe ich, daß es bis über die Knöchel naß ist. Ich hole eine wildweiße Schale, kniee zu ihren Füßen nieder und beginne, den Saum ihres Kleides über der Schale auszupressen. So bin ich eine Zeitlang beschäftigt. Dann setze ich mich wieder. Die Frau ist indes eingeschlafen. Das Haar hängt wie welkes Laub an ihr herunter. Zu ihren Füßen hat sich schon wieder eine Lache trüben Wassers gebildet. Ich möchte allein sein.

Ich habe wenig Zeit. Es sind eiserne Trommeln, die die Stunden der Nacht schlagen. Ohne Schuhe muß ich fort, man hat mich gerufen. Ich sage: Ach!, bleiben Sie doch noch ein kleines Weilchen. Und sie hält inne – sie war schon an der Tür – und kehrt um und setzt sich wieder. Ich aber muß jetzt fort, die Trommler sind vor dem Haus. Ich gehe um ihren Stuhl und denke: Wenn sie doch endlich, endlich gehen wollte. Sie sagt: Ich störe Sie sicher, Sie werden zu tun haben. Und ich gehe um ihren Stuhl und sage ihr in den Rücken: O nein!, bitte, bitte gehen Sie noch nicht, um Gottes willen! Ich weiß, daß sie ihre Katze totschlagen möchte, sie will ihr kein Futter geben. Auch den Schwanz hat s i e ihr abgerissen. Du mußt es dreimal sagen. Ich sage: Es würde mir Freude machen, wenn Sie noch bei mir blieben. Sie hält sich die Ohren zu und antwortet nichts. Der Boden erbebt unter den Schlägen, die Trommler schauen durch die Fenster herein. Sie sind nicht sehr groß gewachsen, aber es sind viele, und die Trommeln haben den Himmel dunkel gemacht. Ich habe keine Zeit. Ich muß fort, ohne Schuhe, man hat mich gerufen. Sie sagt: Ich will jetzt gehen, das Tier wartet auf mich. Sie springt auf, stößt mich beiseite und läuft zur Tür. Ich fliege ihr nach und will sie an ihrem Kleid aufhalten, aber das Kleid ist aus Bronze, meine Finger haben keinen Halt, schon ist sie aus der Tür, ich schlage hin, mein Gesicht blutet.

Ein steinernes Lärmen füllt den Himmel, es geht aber kein Wind, kein Regen. Ich frage mich, was das sein mag. An meinem Fenster vorbei stürzt etwas auf die Erde. Endlich hat sie ihre Katze vom Dach geworfen, denke ich.

Anzünden oder Abreisen

Daß ich tot sein würde, war mir immer gewiß. Mit zehn, zwölf Jahren habe ich mich schon da liegen sehen: im Urwald, in einer Pfütze, unbegraben, bewohnt von Ungeziefer. Daß ich alt werden könnte, wußte ich nicht. Mein Leben schien mir nur der Entwurf meines Lebens, eine Skizze, an der ich immer wieder herumradieren könnte, ich fand, ich sei in allen Altern gleichzeitig zu Haus, sah meine Lebensalter im Kreis um den Tod herumsitzen, wie im Märchen die zwölf Monate um das Feuer. Ich glaubte nie, daß das Alter zwei Menschen wirklich trennen kann, ich glaubte, jeder wisse zu jeder Zeit schon alles, und der einzige Unterschied bestünde in der konkreten Erscheinungsform des Wissens. Ich hatte immer viel Zeit.

Als ich in das Haus komme, sind die Scheiben herausgefallen, vom großen Sessel ist ein Bein abgebrochen, so daß er schief steht, das Sofa hat ein Loch, die Türen schließen nicht mehr, weil das Holz sich verzogen hat. Im Keller finde ich eine Kiste mit Geschirr und den Telefonapparat. Ich rücke den Sessel, dessen

Bein abgebrochen ist, an die Wand, so daß er wieder gerade steht, lege über das Loch im Sofa eine Decke, fege, wische und staube ab, trage das Geschirr hinauf in die Küche und stelle das stumme Telefon an seinen Platz.

Und jetzt, denke ich, anzünden. Anzünden oder abreisen. Eins von beiden. Vor dem Haus liegt noch immer der birnenförmige Stein, auf dem ich in der Morgensonne gesessen habe, um mir von meiner Mutter die Zöpfe flechten zu lassen, und der Geruch um das Haus ist geblieben, der Geruch nach See.

Meine Großmutter pudert sich, aber weil sie nicht mehr gut sehen kann, pudert sie sich zu dick, zu rosig. Haare wuchern ihr aus dem Gesicht. Ich wische das Puder ab, will dieses wilde Haar einwachsen und ihr aus dem Gesicht reißen, ich will meine Großmutter zurückverwandeln in meine Großmutter, aber ich kann sie nicht mehr erreichen, der Grad ihrer Verwandlung ist durch Korrektur nicht mehr zu beheben. Ich sehe die, die meine Großmutter war, erst Mann werden, dann Tier werden, dann ein Wesen werden jenseits aller bekannten Gattungen. Mit einer Stimme, die keine menschliche Stimme mehr ist, höre ich meine Großmutter sagen: Wir haben alles gewollt, aber wir haben es nicht erreicht. Höre das Wesen sagen: Es ist alles zuviel gewesen, und alles zuwenig. Diese Stimme, die aus einem Wesen kommt, das mir unbekannt ist, sagt: Ich bin auf dem Weg zum Goldenen Vlies.

Mein Geliebter beißt in mich hinein und sagt: Irgendwann wirst du dir einen Jüngeren suchen. Blödsinn, sage ich. Mein Geliebter beißt von mir ab und sagt: Das ist wunderbar, daß an dir alles nachwächst. Er sagt: Irgendwann wirst du dir einen Jüngeren suchen. Blödsinn, sage ich. Ich weiß es, sagt er, und es ist in Ordnung so, und ich werde im Leben verschwinden. Im Leben verschwinden?, frage ich. Ja, sagt er, ich werde hinausgehen, mitten ins Leben, und verschwinden. Das ist schön, sage ich. Nein, es ist etwas ganz Furchtbares, aber das kannst du noch nicht verstehen, sagt er, weil du zu jung bist.

Ich warte. Ich blühe. Mein Fleisch wölbt sich nach außen. Alles, was glänzt, halte ich nach Westen. Im Westen ist mein Freund mit seiner Frau im Urlaub. Irgendwann kommt er zurück und sammelt ein, was glänzt.

Dann kommt der Tag, an dem mein Geliebter hinfällt. Es ist der Tag, an dem er verschwindet, aber es ist nicht so, wie er mir gesagt hat, daß er hinausgeht und im Leben verschwindet. Sie tragen ihn die Treppe hinunter, und mein Geliebter verschwindet in einem Raum, der ein weißer Würfel ist. Eingefroren zwischen vier Wänden liegt er dort, angetan mit einem Nachthemd, das hinten offen ist, und seine Frau sitzt bei ihm auf der Bettkante.

Meine zwei welkgewordenen Äpfel werfe ich in den Brunnen.

Mein Vater fragt: Kennst du die Könige von Preußen? In meinem Kopf ist es schwarz, ich suche die Könige von Preußen, aber ich finde sie nicht. Nicht in meinem Kopf. Endlich sehe ich einen, ein einziger Leuchtender kommt durch das große Dunkel dahergewankt, den kann ich erkennen: Der Große Kurfürst, sage ich. Richtig, sagt mein Vater, aber die anderen mußt du auch wissen. Sowas muß man wissen, das ist doch Geschichte. Also, ich lese, werfe die ganzen Buchstaben in meinen Kopf hinein, aber mein Kopf verschluckt alles, innen wird nichts beleuchtet, wenn ich in meinem Kopf suche, finde ich nichts. Sowas muß man doch wissen, das ist Geschichte.

Als wir das Land verlassen müssen, bleiben die Bücher zurück. Das macht nichts, sagt mein Vater, das Federbett auf dem Rücken, die Buchstaben alle im Kopf, ich bin frei, sagt er, ich erinnere mich an alles. Angekommen in der Fremde bemerke ich zum ersten Mal, daß er, wenn ich mit ihm rede, die Augenlider mit dem Zeigefinger nach oben ziehen muß, damit er mich anschauen kann. Mitten im Sprechen fallen ihm die Augen zu. Ist es dir zu hell hier?, frage ich ihn. Ja, es ist hell, sagt er, aber das macht nichts, und rafft die Lider, um mich ansehen zu können. Wie heißen die preußischen Könige?, fragt er mich, und seine Augen flackern. Der Große Kurfürst, antworte ich ihm. Und was ist mit den Königen?, fragt mein Vater. Nein, die mächtige goldene Gestalt allein bewahrt das beinerne Gewölbe vor dem Einstürzen. Was ist mit den Königen?, fragt mein Vater und schließt die Augen. Sowas muß man doch wissen, das ist Geschichte, sagt er. In der Fremde verdiene ich unseren Lebensunterhalt.

In der Fremde wachsen meinem Vater die Augen zu.

Du wirst deiner Mutter immer ähnlicher, sagen sie mir, und ich erschrecke. Ich weiß es selbst, mein Nakken ist ihr Nacken geworden, mein Schweiß ihr Schweiß, meine Brüste ihre Brüste. All das, was ich an ihr gehaßt habe, bin ich geworden. Ich hungere, ich will meine Mutter aus meinem Leib heraushungern, aber mein Körper bleibt sie, bleibt rund und groß, wie er in den letzten Jahren geworden ist, es hilft nichts, ich werde ihr immer ähnlicher, sagen sie. Ich spreche wie sie, als hätte sie mich übergezogen, wäre in meine Haut geschlüpft, und spräche aus mir – wo ich indessen geblieben bin, weiß ich nicht. Ich huste wie sie, ich lache wie sie, und wenn man mich kränkt, schlage ich mit blinden und dummen Sätzen um mich wie sie. Ich bin alt geworden, damit meine Mutter wieder eine Haut bekommt, in der sie sich breitmachen kann. Wo ich indessen geblieben bin, weiß ich nicht.

Ich bin alt geworden. Das Alter hat mich in den Schlaf hineingetrieben, krank gemacht, lahm gemacht. Fleisch und Blut in Stein verwandelt, höre ich dem Vergehen der Zeit zu. Um den Kopf zu heben, brauche ich eine Stunde, um zu essen, einen ganzen Vormittag, und Wochen und Monate warte ich darauf, daß mich jemand besucht. Und während ich bewegungslos dasitze, falle ich dem Grund entgegen, und während ich falle, wächst das Rauschen in meinen Ohren, ein schneeweißes Rauschen, in dem alles enthalten ist, was war, ganz hell wird es in meinen Ohren von diesem Rauschen, und ich weiß plötzlich, daß alles, was war, gerade ausreichen wird, um diesen einen Moment zu füllen, in dem Stille eintritt.

Nachweis der Erstveröffentlichungen

(Alle Geschichten wurden für den vorliegenden Band neu durchgesehen und überarbeitet.)

»Im Halbschatten meines Schädels« in: »Beste deutsche Erzähler 2001 «, Hrsg. Verena Auffermann, DVA, Stuttgart/München 2001.

»Eisland« in: »Eiszeit. Vierundzwanzig Autoren schlottern vor Kälte«, Hrsg. Anne Enderlein und Cornelie Kisten Aufbau Taschenbuch Verlag, Berlin 2000.

»Tand« in »Eine starke Verbindung«, Hrsg. Petra Oelker, Rowohlt Taschenbuch Verlag, Reinbek bei Hamburg 2000.

»Atropa bella-donna« in: »Liebe bis aufs Blut«, Hrsg. Uwe-Michael Gutzschhahn, Hanser Verlag, München, 2000.

»Haare« in: Stuttgarter Zeitung, 27.1.2001.

»a ist gleich v durch t«, FAZ 20.3.2001.

»Frisch und g'sund« in »Tut's noch weh? Geschichten vom Gesundwerden«, Hrsg. Franziska Günther, Aufbau Taschenbuch Verlag, Berlin 2001, Erstabdruck FAZ 30.3.2001.

»Sibirien« (Erstveröffentlichung).

»Wenig Zeit« (Erstveröffentlichung).

»Anzünden oder Abreisen« in: »Einmal und nicht mehr«, Hrsg. Thomas Steinfeld, DVA, Stuttgart/München 2001, Erstabdruck FAZ 5.6.2001.